Season21

▲ Episode 17

Season21

◀ Episode 19

相棒 season21

下

脚本・輿水泰弘ほか／ノベライズ・碇　卯人

朝日文庫

本書は二〇二二年十月十二日〜二〇二三年三月十五日にテレビ朝日系列で放送された「相棒　シーズン21」の第十五話〜第二十一話の脚本をもとに、全六話に構成して小説化したものです。小説化にあたり、変更がありますことをご了承ください。

相棒 season 21 下 目次

＊小説版では、放送第二十話「13～死者の身代金」および第二十一話「13～隠された真実」をまとめて一話分として構成しています。

装幀・口絵・章扉／大岡喜直（next door design）

杉下右京　警視庁特命係係長。警部。
亀山薫　警視庁特命係。巡査部長。
小出茉梨　家庭料理〈こてまり〉女将。元は赤坂芸者「小手鞠」。
亀山美和子　フリージャーナリスト。薫の妻。
伊丹憲一　警視庁刑事部捜査一課。巡査部長。
芹沢慶二　警視庁刑事部捜査一課。巡査部長。
出雲麗音　警視庁刑事部捜査一課。巡査部長。
角田六郎　警視庁組織犯罪対策部薬物銃器対策課長。警視。
益子桑栄　警視庁刑事部鑑識課。巡査部長。
土師太　警視庁サイバーセキュリティ対策本部特別捜査官。巡査部長。
大河内春樹　警視庁警務部首席監察官。警視正。
中園照生　警視庁刑事部参事官。警視正。
内村完爾　警視庁刑事部長。警視長。
衣笠藤治　警視庁副総監。警視監。
社美彌子　内閣情報調査室内閣情報官。
甲斐峯秋　警察庁長官官房付。

相棒

season

21 下

第十四話
薔薇と髭と菫たち

一

警視庁特命係の亀山薫が自分のデスクでコーヒーを飲んでくつろいでいると、スマホにメールが着信した。それを一読した薫の顔が強張った。

「右京さん、これ！」

薫は慌てて、そのメールを上司の杉下右京に見せた。

「君に？」

右京がスマホを受け取り、メールの本文を読み上げた。

「『本日午後三時、新宿東公園〈こもれびの森〉で恐ろしいできごとが起きる』」

「なんでこんなメールが俺に……。誰なんだ？」

薫は差出人のメールアドレスに視線を転じた。ドメイン名は大手のフリーメールのそれで、ユーザー名は「MAROHIMAKO」とあったが、薫には心当たりはなかった。

右京が腕時計に目を落とす。

「いずれにしても、すでに三十分を切ってますよ」

「とにかく行ってみるしかないっすよね」

おどおどする薫を、右京が後押しした。

「行ってみましょう」

ふたりはさっそく公園に出かけた。雑木林の広がるエリアに足を踏み入れて、薫が辺りを見渡した。

「〈こもれびの森〉……この辺りなんですけどね」

「亀山くん」

一点を見つめる右京の視線をたどった薫は、植え込みの向こうに人が倒れているのに気づいた。

「えっ？　ちょっ……なんだ？」

薫が倒れている人物に近寄ったとき、口の周りを真っ赤に染めたその人物が突然起き上がった。

「バア！」

「うわあ！」

予想外の事態に腰を抜かしそうになった薫を見て、起き上がった人物が快哉を叫ぶ。

「どう？　びっくりしたでしょ？」

薫はその人物に見覚えがあった。

「ヒロコママ！」

薫を驚かせて喜んだのは、新宿のゲイバー〈薔薇と髭と…。〉のママ、ヒロコだった。

ヒロコが店のホステスのふたりを呼ぶ。

「ねえ、クミちゃん、ミキちゃん、ばっちり撮れたかしら?」

「もちろんよ、ママ!」

茂みの中からクミが「大成功」と書かれたプラカードを上下に振りつつ出てくると、ミキはビデオカメラを手に現れた。

「大成功ね、ヒロコママ」

バラエティ番組になぞらえてドッキリをしかけられたと悟った薫が唖然とする一方、右京は苦笑していた。

公園を歩きながら、ヒロコが薫に文句を言った。

「薫ちゃんが悪いのよ。日本に帰ってきてからさ、一度も顔見せてくれないんだもの」

ママの言葉に、クミが同調する。

「そうよ。ヒロコママ、首長〜くして待ってたんだから」

「ないけどね」

ヒロコが自らの二重顎を自虐のネタにする。

「そら悪うござんした。でもこんなことまでしなくたって。ねえ、右京さん」

薫は同意を求めたが、右京は曖昧な笑みで応じた。

「僕はおおかた、こんなことだろうと思っていましたよ」

「ドッキリだって気づいてたんですか?」

「ええ。先ほど君に届いたフリーメール、発信元のユーザー名は『MAROHIMAKO』でした。並べ替えると『HIROKOMAMA』。おそらくヒロコさんが君をはめるつもりなのだろうと」

「わかってたんなら、教えてくださいよ!」

「せっかくの計画を邪魔するのも無粋じゃありませんか」

「さすが右京さん!」ヒロコはいつもどおり鋭い推理力を発揮した右京に敬意のまなざしを向けると、ふたりに提案した。「ねっ、これからさ、うちのお店で帰国祝いしない?」

クミとミキが「賛成!」と盛り上がるなか、茂みの中からうつぶせに横たわる人物の足が突き出ているのに、右京が気づいた。

「亀山くん」

右京に目で示され、薫も気がついた。

「えっ? しつこいな、まったくもう。今度は誰なんだ?」薫が近づき、手を叩く。「起きろ、起きろ」

茂みの外からそのようすを見ていたヒロコが薫から目を向けられ、首を振る。

「えっ、アタシ、誰にも頼んでないわよ」

「えっ？」

右京が横たわる人物の横にしゃがんで顔をのぞき込むと、眼鏡をかけた中年の男が頭から血を流しているのが確認できた。

「どうやら本当の遺体のようですよ」


しばらくして警視庁捜査一課の捜査員たちが現場に到着した。

出雲麗音から疑いの目を向けられたヒロコが、声を張って否定する。

「だから、アタシは犯人じゃないわよ」

麗音はヒロコの口の周りを指差した。

「じゃあこれは？」

「これは返り血じゃないわよ。撮影用の血糊よ、ただの」

「なんで血糊つけて歩いてたんですか？」

ミキが助け舟を出す。

「込み入った事情ってやつよ」

薫と同期でライバルの伊丹憲一が特命係のふたりのもとへやってきて、鼻を鳴らした。

「亀も歩けば遺体に当たるってか」

「第一発見者です」薫が笑顔で挙手する。「なんでも協力しますよ」

右京は遺体の顔に見覚えがあった。

「鬼塚一誠さんです。社会問題に鋭く斬り込むことで有名なルポライターですねえ」

ひととおり遺体を検めた鑑識課の益子桑栄が見分の結果を口頭で報告する。

「死亡時刻は昨夜の十八時から二十時の間。傷は前頭部一カ所。倒れた弾みで石に打ちつけたか、あるいは打ちつけられたかだな」

それを聞いた伊丹の後輩の芹沢慶二が、益子に確認する。

「誰かと揉み合ってたんですかね？」

「財布もスマホも見当たらない。だがこんなものを握りしめてた」

益子が差し出したのは、一冊の文庫本だった。少女漫画タッチのイラストがあしらわれたカバーには『日なたの花』というタイトルと、ノエル美智子という著者名が印刷されていた。

「小説？」

文庫本を受け取って首をかしげる伊丹に、ヒロコたちの聴取を終えた麗音がやってきて説明した。

「パステル文庫ですね」

「なんじゃそりゃ」

「十代の女の子をターゲットにした少女小説のレーベルですよ。昔、私もよく読んでたもんです」

芹沢がすかさず後輩の刑事を茶化した。

「ふーん、君にも可愛い時代があったんだねえ」

博覧強記の右京は少女小説の作家にも詳しかった。

「奥さまです。著者のノエル美智子さんは、鬼塚一誠氏の奥さまです」

薫が、遺体が握っていた文庫本の意味を探る。

「つまり奥さんが書いた小説を持って死んでいた。ダイイングメッセージとか？」

「それはどうでしょうねえ」

伊丹が文庫本の表紙をめくると、見返しの部分に手書きのサインが現れた。右京がそれに着目する。

「おや、ノエル美智子さんのサインですよ」

薫がサインの横の為書き（ためがき）を読み上げた。

「すみれさんへ、ですって」

開店準備のために特命係のふたりと共に〈薔薇と髭と…。〉に戻ったヒロコは、ショックを引きずっていた。

「まだ信じられないわ。殺されたのが鬼塚先生だったなんて」

「ここの常連客だったの？」

　薫の質問に、ヒロコがうなずく。

「そう。去年の夏、店の近くで偶然見かけたのよ。それで思わず声かけて、引っ張ってきて」

「鬼塚一誠さん、本名大塚誠一さんには、新宿の街をテーマにした著作も多くありますからねえ」

　右京が博識ぶりを披露すると、ヒロコが過去を振り返る口調で言った。

「アタシたち、鬼塚先生のことは恩人みたいに思ってたわ……」

　昨年の夏、店に引っ張ってきた鬼塚に、ヒロコは感謝の言葉を述べたという。

「この辺の再開発計画が立ち消えになったのは、先生が裏の利権問題を暴いてくれたおかげよ」

「そう、おかげで立ち退きにならずに済んだんだから」

　クミが同調すると、鬼塚はウイスキーを飲み干して、「お役に立てて嬉しいね」と笑った。

「ねえ、お願い。サインちょうだい！」

　ヒロコが鬼塚の著書の『新宿ダークストリート』を差し出した。

「サインは苦手なんだがな」

そう言いながらも、鬼塚はクミからペンを受け取った。

「『愛するヒロコへ』って書いてね」

ヒロコの要求に苦笑しながらも、鬼塚は応じた。

それをきっかけに鬼塚は月に数回、妻のノエル美智子を伴って来店するようになった。

「美智子先生の『ラベンダー学園』シリーズ、全部読んだわ。もう乙女心にビンビン来るの！」

あるときクミが声を弾ませながら告白すると、美智子は「あら、嬉しい」と破顔一笑した。

「ねえねえ、鬼塚先生の次の新刊はいつ出るの？」

ヒロコの質問に、鬼塚は妻の顔をうかがうようにして、「来年の春かな。まあ取材がうまくいきゃあな」と答えた。すると美智子が苦笑しながら言った。

「この人ね、いつも取材相手のこと、怖がらせちゃうの」

「あら！　強面だものね。でもそこが素敵！」ヒロコが鬼塚をフォローしてから、美智子に言った。「じゃああれだ。取材のとき、よく奥さまが同席なさるって、あれ、本当だったんだ！」

「そうなの。場を和ませるためにね。本当に世話が焼ける」

美智子のひと言で、店内に笑いが満ちた。

「……本当に仲がいいご夫婦だったわ。でも、年明けに美智子先生から連絡があって。鬼塚先生が入院したって」

ヒロコが思い出話を終えると、薫が訊いた。

「なんか病気だったの?」

「心臓に持病をお持ちだっておっしゃってたから、たぶんそれよ」

「心臓に持病ですか……」

右京が思案しながらつぶやいた。

その夜、薫は妻の美和子とレストランで食事をした。美和子は同じジャーナリストの鬼塚のことはよく知っていた。

「うん。狭心症を患ってたって話だよね。にしても残念だな。鬼塚さんのルポの斬り込みの鋭さは有名だったからね」

「へえ。彼が最近、どんなネタを追ってたかわかる?」

「それはわかんないけど……事件現場って、新宿東公園なんだっけ?」

反問する美和子に、薫が「そうそう」と肯定した。

「だとすると、ＮＰＯ絡みかも」

「ＮＰＯ？」

「うん。あの公園じゃ、フードバンク系のＮＰＯがよく炊き出しやってんのよ。薫ちゃん、フードバンクはご存じ？」

「ご存じですよ。企業とか個人から寄付された食料を支援に回すってやつでしょ」

「そう。貧困とか食品ロスとか、現代社会の大きな問題だからね」そこで美和子が、薫の前の皿に目を向けた。「で、なんで君はイカだけ残してるのかな？」

「いや、食べるけどね。えっと、これは冷凍されてて凶器になったりはしてないよね？」

薫がずっと昔にとあるレストランで巻き込まれた事件に触れたが、美和子は忘れていた。

「はあ？」

「こっちの話。いただきま～す」

薫がナイフでイカを切り分けた。

二

翌朝、右京と薫は大塚家を訪れ、リビングで美智子から話を聞いた。

「昨日も訊かれましたけど、夫がなぜ、私のサイン本を持っていたのか、見当もつきません」

　右京は文庫本に書かれていたサインの写真をスマホに表示した。

「このすみれさんという方に心当たりは？」

「さあ」美智子が首を振る。「サインはしょっちゅう頼まれるので。それにそのサイン、かなり昔に書いたものじゃないかしら」

「ええ。『日なたの花』はあなたのデビュー作で、奥付によればこの文庫本は平成五年に刊行された初版でした」

「古本屋ででも見つけたのかしら……」

　薫は質問の内容を変えた。

「事件の日、ご主人は誰かに会うとかおっしゃってませんでしたか？」

「私にはなにも」

「取材に同席なさることも多かったんですよね？」

「取材かどうかもわかりません。私はその日……」

　壁にかかったカレンダーに気づいた右京が、美智子を遮(さえぎ)って余白に書かれた予定を読み上げた。

「『18時　ハートテーブル』でしょうか？」

「ええ。ボランティア活動です」

「なるほど。ちなみにどのような活動を？」

「生活に困っている方に食料品を配布したり、炊き出しをしたり……。いわゆるフードバンクです」

「フードバンク？」薫が反応する。「もしかしてそれ、新宿東公園で？」

「そうです」

「つまり事件の夜、あなたはご主人と同じ公園にいらっしゃった」

右京が改めて確認すると、美智子は落ち着いた口調で、「ええ。それを聞いて驚きました」と答えた。

大塚家を辞したところで、薫が右京に疑問をぶつけた。

「自分の夫が同じ公園にいたことを知らなかったっていうのもなんだかですよね……」

「ええ、気になるところですねえ」

「ああ、それと、鬼塚さんが公園にいた理由も、そのフードバンク絡みかもしれません」

美和子から聞いた情報をほのめかす薫に、右京は「なるほど」と応じた。

特命係のふたりが去ったあと、美智子は二十年前の新刊イベントのサイン会のことを思い返していた。当時、古川（ふるかわ）すみれはセーラー服姿の中学生だった。

「あなたが、すみれさん？」

美智子が訊くと、すみれは目を輝かせて「はい！　ずっとファンでした！」と答え、カバンから美智子のデビュー作の『日なたの花』の文庫本を取り出した。すみれの右手の甲に三つのほくろが並んでいたのが印象的で、美智子はそのことを今でもよく覚えていた。

「よかったら、こっちにもサインを……」

そのようすを、妻に付き添ってきていた鬼塚がじっと見ていたのだった。


特命係の小部屋に戻ったふたりはパソコンで〈ハートテーブル〉というＮＰＯのことを調べた。

薫が検索して開いた〈ハートテーブル〉のホームページを右京がざっと眺めて言った。

「なるほど。このＮＰＯ、新宿を拠点に活動しているんですねぇ」

薫はもう少し細かいところまで調べを済ませていた。

「ええ。事件当日は新宿東公園の〈センター広場〉で、炊き出しと食料品の配布をおこなっていたみたいです」

小部屋には組織犯罪対策部薬物銃器対策課長の角田六郎の姿もあった。角田はスマホに新宿東公園の園内マップを表示した。

「たしか、〈センター広場〉は公園の東側、遺体が見つかったのは西側の雑木林エリアだったんだよな」

「もし鬼塚さんがこの活動を取材していたとすると、なんらかの理由があって、公園の広い敷地を横切ったということでしょうかね」

　右京の指摘を受けて、薫が推理を語る。

「たとえばですよ、取材相手とトラブルになり、人気のない雑木林まで来たところで揉み合った弾みで倒れ、頭を打って死亡。で、その相手が所持品を持ち去った……」

　角田が薫の言いたいことを悟った。

「取材していたネタを葬るためにだな」

「問題は、そのネタの中身ですけどね」

　薫が呈した疑問に、角田が答える。

「フードバンク絡みっていうのもあり得るぞ。善意の活動がたちの悪い連中にカモられちまうっていうこともあるからな」

「なるほど」

　右京がうなずいたとき、薫のスマホにメールが着信した。「MAROHIMAKO」からのメールだった。

「えっ⁉　大至急、歌舞伎町八丁目の『オーセンティック』に来てちょうだい、って。

右京さん……」

「そちらは君に任せます」

泣きつこうとする薫を冷たく突き放し、右京はさっさと部屋を出ていった。

「えっ、ちょっと……。俺、ヒロコママの御用聞きじゃないんですよ！」

「俺に言うなよ」角田が目を丸くした。


歌舞伎町八丁目の路上では、ヒロコがクミとミキと共に茶髪の若い男を取り囲んでいた。

「お待ち！　ちょっとあんた、素直に白状なさい」

「俺はなんも知らねえって！　ふざけんなよ！」

男が怒気を含んで言い返したとき、薫が通りの向こうに姿を現した。ヒロコが薫を手招きする。

「あっ、薫ちゃん！　こっちこっち」

「なにやってんの？」

駆けつけた薫に、ヒロコが男を指差して告発した。

「こいつよ。こいつが犯人よ！」

ミキがママの言葉を補足する。

「この男、鬼塚先生に殺人予告してたんだから！」

「殺人予告？」薫が驚いて訊き返す。

「三カ月くらい前よ。先生とお店を出たとき……」


ミキによると、この男が近づいてきて、「おたく、有名なルポライターなんだって？偉そうだよなあ。物書きがそんなに偉いんですか？」と因縁をつけたという。

ミキが「アンタ、やめなさいよ！」と注意をしても男は聞く耳を持たず、鬼塚に向かって「ここいら、うろちょろしないでもらえますか」と牽制した。

「うろちょろされて困ることでもあるのか？」

鬼塚が訊き返すと、男は「おたく、殺されたいんすか？」と脅したのだった。


「……あの言葉、殺人予告だったのよね？」

話を終えてミキが迫ると、男は「違えって」と顔をそむけた。

「はい、ストップ」薫がふたりの間に入り、男に向けて警察手帳を掲げた。「はい警察ね。で、なんで君は鬼塚さんに因縁つけたの？」

「別に……俺らの縄張り、あんまり探らないでねって、ジャブかましただけっすよ」

「ちょっと可愛い顔して……アンタふざけんじゃないわよ！」

男を小突くヒロコを、薫が制止する。

「手出しちゃ駄目」

そこへ、仇敵を見つけた伊丹が肩を揺らしながら近づいてきた。芹沢と麗音も一緒だった。

「特命係の亀山！　てめえ、なんでこんなとこにいんだよ！」

「お前らこそ、なんで？」

薫の質問に、麗音は男を示しながら答えた。

「彼に用があるもので」

芹沢が男に向き合った。

「ホストの雅くん。本名、江本雅史って君だよね？」


その頃、右京は〈ハートテーブル〉の事務所を訪れ、眼鏡をかけた男性職員から話を聞いていた。

「うちは主に企業からの支援でやっているんですけど、最近は余剰在庫もあまり出なくて」

「寄付は減る一方、支援希望者は増える一方です」

女性職員が補足すると、右京は「そうですか」と理解を示し、眼鏡の職員に訊いた。

「ノエル美智子さん、いいえ、大塚美智子さんは、いつからこちらのボランティアに？」

「半年くらい前からかな。ご夫婦でたびたび寄付もしてくださってました」

「ご夫婦で。では、鬼塚一誠さんがこちらを取材なさったことも？」

「ええ」女性の職員がうなずく。「貧困の現状とかを聞いていかれましたね」

「ではこちらのＮＰＯに関係している方で、すみれさんという方はいらっしゃいませんかね？」

　右京が新たな質問をすると、女性の職員が首を振った。

「いや……うちの職員やボランティアの中には。定期支援の登録者かもしれませんが」

「そうですか。こちらで調べてみます。どうもありがとう」

　一礼して引き上げようとした右京は、近くにいた男性の職員が額に汗を浮かべて支援物資の仕分け作業をしているのに気づいた。

「熱心ですね。暑くはありませんか。そのタートルネック、暖房が入った部屋での作業には、いささか暑すぎるのではと」

　男は襟元（えりもと）を緩めて風を送った。

「いえ、別に……」

「あ、これは失礼、余計なことを言いました」

　今度こそ、右京が去ろうとすると、別の職員がタートルネックの男に訊いた。

「伴坂くん、この荷物、ここでいいんだっけ？」

「ああ、そっちの棚です。古いやつから手前に置いてください」

伴坂と呼ばれた男がテキパキと指示するようすを眺めて、右京は事務所から辞去した。

伊丹たちは警視庁の取調室で、江本雅史を取り調べていた。伊丹がプリントアウトされた画質の粗い写真をテーブルに置いた。写真には暗い公園を歩く鬼塚の姿が写し出されていた。

「新宿東公園の防犯カメラだ」

「午後七時十五分、鬼塚一誠さんが歩いていきます。で、その直後……」

麗音は説明しながら、別の写真をテーブルに置いた。同じ画角に江本の姿がとらえられていた。

捜査一課の三人とともにちゃっかり取り調べに加わっていた薫が口をはさむ。

「お前、なんで鬼塚さんを尾行したんだ？」

「亀は黙ってろ！」すぐさま伊丹の声が飛ぶ。

「尾行なんてしてないっすよ。俺も公園に用があったもんで」

うそぶく江本に、芹沢が顔を突きつけた。

「用ってなによ？」

「炊き出しのお手伝いでもしようかと」

「嘘をつけ！　お前の店、半グレグループがケツ持ちしてるらしいな」

伊丹の指摘で江本が一瞬黙り込んだ隙に、薫が攻め込んだ。

「鬼塚さんに暴かれて困ることでもあったのか？」

「あの晩、公園で彼とトラブルになったんだろ？」

「で、揉み合いの末、突き飛ばして殺した」

芹沢と伊丹が薫に続いたが、江本は声を張って反論した。

「んなことしてませんよ！」


右京が古川すみれの勤務先のスーパーマーケットを訪ねたとき、彼女は段ボールから売り物の野菜を棚に並べているところだった。右京は休憩時間まで待って、人気（ひとけ）のない搬入口ですみれから話を聞くことにした。

「〈ハートテーブル〉の定期支援者の方々からお話をうかがって、あなたのことを。こちらでパートをなさってると聞きました」

「デリバリーの仕事と掛け持ちです。正社員で雇ってくれるところなんかありませんから。早くしていただけますか？　休憩時間短いんで」

明らかに迷惑そうなすみれに、右京はスマホで『日なたの花』の文庫本の画像を見せた。

「では単刀直入に。このサイン本に見覚えはありませんか?」

「昔、古本屋に売った本かも……」

「亡くなった鬼塚さんという方がこの本を持っていました。鬼塚一誠さん。ノエル美智子さんのご主人で、有名なルポライターです。ご存じですか?」

「名前くらいは。読んだことないですけど」

「ノエル美智子さんの小説のほうは、熱心に読まれていたようですねえ。こうして、サインを手に入れるほど」

右京の言葉に、すみれが自嘲気味に答えた。

「中学生のときですよ。せっせとファンレター書いて……。自分にそんな時代があったなんて、夢みたい」

「古本屋に売ったとおっしゃいましたが、それはいつ頃のことでしょう?」

「十二、三年前です。暴力夫と離婚して、大きなおなかを抱えて家を出た頃です。売れるものはなんでも売りました」

暗い表情で語るすみれに、右京は「そうでしたか」と応じて続けた。

「ところで、ノエル美智子さんが〈ハートテーブル〉のボランティアの中にいたのは、ご存じでしたか?」

「えっ？」

「一昨日の夜も、新宿東公園で炊き出しを手伝っていました。ひょっとして一昨日の夜、あなたも公園に行かれたのでは？」

するると、すみれの目に冷たい光が宿った。

「公園にいたのなら、文句言ってやればよかったな」

「はい？」

「『この世界は美しく、人生は喜びに満ちている』」

右京はその言葉の出典を知っていた。

「ええ。彼女の物語に一貫するメッセージですねえ」

「あんなメッセージは大嘘でしたよって」

すみれが吐き捨てるように言うのを聞いて、右京はわずかに目を瞠った。

「えーっ⁉」

警視庁の取調室の外の廊下で芹沢が驚きの声を上げると、薫が麗音に念を押した。

「それ、たしかなの？」

麗音は解剖報告書を薫に渡した。

「司法解剖の結果なので、間違いありません」

「じゃあ、あいつは犯人じゃない……」

特命係の小部屋に戻ってきた右京は、薫から報告を聞いた。

「なるほど、鬼塚さんの死因は心筋梗塞でしたか」

「ええ。頭部の傷は致命傷ではなく、心筋梗塞で倒れ、その弾みで打ったものだったらしいんです」

「しかし、たとえ病死であっても、何者かに所持品を持ち去られている以上……」

薫が上司の言わんとすることを理解した。

「事件性があることには変わりはない」

「ええ。引き金があったのかもしれません」

「引き金？」

「心筋梗塞の引き金ですよ。仮にあの夜、鬼塚さんが体を激しく動かさざるを得ない状況にあったとしたら……」

「じゃあやっぱり取材相手に追いかけられてたとか」

「今のところ、ひとつの仮説に過ぎませんがね」

右京が左手の人差し指を立てた。

三

　パート勤務を終えたすみれがアパートの部屋に戻ってきたとき、娘の葵(あおい)はボア付きのコートを着たまま膝を抱えて、ノエル美智子の『日なたの花』を読んでいた。

「ただいま。やだ、寒っ。なんで暖房入れないの？　このアパート、隙間風入るんだから……」

「電気代がもったいないよ。また値上がりしたんでしょ」

　葵の返事に小さくため息をつきながら、すみれが明るい声を出す。

「ちょっと待っててね。あったかいおうどん作ってあげる」

「お母さん、今日また先生がね……」

「給食費なら明日入金しとく」

「本当？　よかった」

「あっ、それから卒業式、お母さんも出られるよ」

「えっ？　でも着ていくスーツがないって……」

「大丈夫。レンタルするから。葵も、その日は思いっきりおめかししよう！」

「うん！」

　そのとき初めてすみれは娘が読んでいる本に目を留めた。

「なんでこんな本……」

「クラスで流行ってるんだ。すっごくエモいの」

　葵が若者言葉で答えた。


　その頃、右京と薫は家庭料理〈こてまり〉のカウンター席にいた。

　ふたりから話を聞いた女将の小手鞠こと小出茉梨が言った。

「ノエル美智子、私も読んだことあります。親戚の子が夢中で……貸してもらって」

　右京が猪口を置いてうなずいた。

「今回、僕も読んでみましたが、大変感銘を受けました」

「えっ、でも女の子向けの小説じゃないんですか？」

　薫が呆れたような声を出すと、右京は主張した。

「優れた作品に年齢も性別も関係ありません。素晴らしい文学でしたよ。情感あふれる世界観、テーマの普遍性、そして読者への力強いメッセージ」

　小手鞠が同意する。

「ええ。『この世界は美しく、人生は喜びに満ちている』」

「はあ……なるほどねえ」

　薫が感心していると、スマホが鳴った。

「またヒロコママだ」うんざりしたような顔で薫が電話に出る。「もしもし？」

――薫ちゃん、今すぐ来て～！　八丁目の〈角筈〉ってお店。

「今度はなんだよ？」

――いいから。サプライズが待ってるわよ！

電話は一方的に切られ、薫は助けを求めるような目を右京に向けた。

「サプライズですって……」

「なんでしょうねえ」

右京が猪口を空けた。


〈角筈〉は大衆的な居酒屋だった。薫が右京と共に店に入ると、ヒロコが奥の席から甲高い声を張り上げて手を振った。

「もう、遅い！　こっちよ、こっち！」

薫が他の客に「お騒がせしてすみません」と謝りながら、奥に進む。

「ジャーン！」

ヒロコが奥の席でしんみり飲んでいるふたりの客を示すと、右京が「これはたしかにサプライズですねえ」と認めた。

そこにいたのは、刑事部長の内村完爾と参事官の中園照生だった。薫は驚きを隠せなかった。

「えっ！　なんでおふたりが？」

「ここは俺の行きつけだ」

内村が答えると、中園が補足した。

「こちらの大将は、部長の古いご友人であられる」

ヒロコが嬉しそうに報告する。

「その大将がうちの常連でもあるわけよ。で、お話うかがってたらさ、薫ちゃんたちの上司だっていうもんだからさ、もうびっくり！」

「夜の街のネットワークには感服します」

右京がしかつめらしく応じたところで、内村が特命係のふたりに目を向けた。

「お前たちは、鬼塚一誠の周辺を嗅ぎ回ってるらしいな」

「また余計な話して……」

薫はヒロコに小言をぶつけたが、内村の次のひと言は薫の意表を突くものだった。

「とことんやれ」

「はっ？」

ほろ酔いの中園が口をはさむ。

「部長は鬼塚氏に恩義を感じておられる」

「とおっしゃいますと？」

　興味を抱いた右京に、内村が言った。

「この店は以前、再開発計画で閉店の危機にあった」

　続いて中園が説明役を買って出た。

「だが鬼塚氏の著書『新宿ダークストリート』によって、隠された利権の構図が暴かれた。立ち退き反対の機運が高まり、署名活動が展開され、ついには再開発計画そのものが白紙に戻った」

「鬼塚一誠のペンが、俺の安らぎの場所を守ってくれた。そういうことだよ」

「はあ～」

　戸惑いつつ感心する薫に、内村が発破をかける。

「気骨あるルポライターが死の直前、なにを暴こうとしていたのか。それを突き止めて、彼の無念を晴らしてやってくれ」

「素敵！　正義の男って感じ！」内村をうっとり見つめたヒロコが右京と薫に言った。

「素敵な上司を持って幸せね」

　右京と薫は顔を見合わせるしかなかった。

　娘の葵が眠りにつくと、すみれは食事の後片付けをした。ふとテーブルの上の『日なたの花』が目に入り、中学生の頃、ノエル美智子に出したファンレターの文面が自然と頭に浮かんだ。

——進路に悩んだとき、将来が不安なとき、いつも美智子先生の小説を読み返しています。そうすると、不思議な力が湧いてくるから。私の未来はきっと素晴らしいものになる、そう信じることができるんです。

すみれは大きなため息をつくと、テーブルの上に封筒を置いた。そして、封筒から戸籍謄本を取り出した。

翌朝、右京と薫は大塚家に美智子を訪ねた。

「古川すみれさんは、かつてあなたの熱心なファンでした。せっせとファンレターを書いたとおっしゃってましたよ」

右京が告げても、美智子は素っ気なかった。

「そんな子もいたかしらね……。でも覚えてないわ」

「そうでしょうか?」右京が疑問をぶつける。「失礼ながら、あなたはデビューから十年近く、人気が出ずにずっと悩んでいたと以前インタビューで語っていらっしゃいますね」

「そういう時代にもらったファンレターに、ずいぶん励まされたんじゃありませんか?」

薫が鎌をかけたが、美智子は黙っていた。右京が続けた。

「ご主人が心筋梗塞で亡くなった夜、あなたも、あなたのファンだったすみれさんも、同じ公園内にいたんです。その事実は、なにを意味するのかと思いましてね」

「意味なんかないですよ。ただの偶然です」

受け流そうとする美智子の前に立ち、薫が質問した。

「じゃあ、あなたがすみれさんにサインした文庫本を、ご主人が握りしめていたのも偶然？」

「鬼塚一誠は社会の悪を斬り続けていたけど、一番の悪は私なのかもしれませんね」

「はい？」右京が先を促す。

「だって、若い人たちをずっとだまし続けていたんですから。『人生は喜びに満ちている』だなんて……」

苦渋に満ちた表情で、美智子が静かに語った。


右京と薫が特命係の小部屋に戻ると、捜査一課の三人がコーヒーを飲んでいた。

「なにくつろいでんだ、お前ら！」

呆れる薫に、伊丹が言った。

「昨日、上野の公園で半グレが三人逮捕された」

「えっ?」

芹沢が説明する。

「所轄に匿名のタレコミがあったんですよ。〈スコルピオ〉の連中がフードバンクの活動を悪用してるって」

「匿名のタレコミですか……」と右京。

「〈スコルピオ〉って、有名な半グレ集団だよな?」

薫の質問に答えて、麗音がメンバーの写真の載ったファイルを渡しながら、説明する。

「はい。炊き出しに訪れた人たちに声をかけて、いいバイトがあるって言ってだまして、詐欺の受け子をやらせたり、名義貸しに協力させたり」

ファイルを見ると、メンバーは手の甲や胸、首筋など様々な場所にサソリのタトゥーを入れていた。

「新宿でも同じ連中がうろついてるかもしれねえなあ」

伊丹に有力な情報をほのめかされ、薫は逆に警戒した。

「ちょっと待て! なんでそんな情報を俺たちに?」

「部長に言われたんすよ」芹沢が内村の口まねをする。「『鬼塚一誠の件、情報は特命係と共有しろ! いいな?』」

麗音も口まねした。

「『いがみ合ってる場合ではない！　協力態勢を敷け！』ですって」

「なんだ、お前ら」

呆れる伊丹を無視して、芹沢が告げた。

「でもって、これから取り調べですから」

隣の部屋で右京と薫が見守るなか、捜査一課の三人による江本雅史の取り調べがはじまった。

「何度も来てもらって悪いね」

仏頂面の江本に伊丹が口火を切ると、芹沢が続いた。

「上野で逮捕された半グレがさ、君の名前を出したもんでね」

麗音がファイルをテーブルに置く。

「あなた、〈スコルピオ〉の一員だったんですね」

「君ら、生活に困った人たちをカモにして、犯罪に利用しているらしいじゃん」

芹沢が攻め込むと、江本は「人助けっすよ」とうそぶいた。

「ああ？」

伊丹が強面でにらんでも、江本は涼しい顔だった。

「名義貸しで三万手に入れれば、その日ぐらいは寿司とか食えるじゃないですか」

「ふざけた屁理屈こねんじゃねえよ！」

伊丹が声を荒らげる一方で、麗音は丁寧に噛み砕くように追及した。

「鬼塚一誠さんはＮＰＯの活動を取材するふりをして、あなた方の行為をペンで暴こうとしてたんですね？」

すると江本が認めた。

「めっちゃ目障りでしたね」

「で、あの晩、なにも書くなと脅そうとしたわけ？」

芹沢がズバリと衝いたが、江本は鎖骨の辺りを掻きながらとぼけた。

「さあね」

マジックミラー越しに、江本の首筋のサソリのタトゥーを認めた右京が、取調室に入ってきて江本に向けて左手の人差し指を立てた。

「ひとつお訊きしたいことが。伴坂という人をご存じですか」

「伴坂？」

「〈ハートテーブル〉のボランティアスタッフです。あなたの知り合いでは？」

「さあねえ。そんな知り合いいたっけかな」

目を合わせようとしない江本に、右京が声を荒らげた。

「とぼけずにちゃんと答えなさい！」

右京と薫は〈ハートテーブル〉の事務所を訪問し、伴坂健吾(けんご)に面会を求めた。伴坂は今日もタートルネックのセーターを着ていた。

「なんで俺が元半グレだって……」

身元がばれて諦めたようすの伴坂に、右京が説明した。

「そのタートルネックですよ。なんらかの理由があって、首を隠しているのではないかと思いましてね。たとえば……入れ墨」右京は前回ここを訪れた際に、伴坂がタートルネックの襟を緩めて風を送るときにチラッと見えた模様を覚えていた。「あれはサソリですよねえ。サソリ、つまりスコルピオ」

「はい、ちょっとごめんね」薫が伴坂の襟を下ろすと、サソリのタトゥーが現れた。「君、いつまで〈スコルピオ〉にいたの？」

「半年前までです。だけど、今はすっかり心を入れ替えてます。本当です！」

懸命に言い募る伴坂に、右京が言った。

「それを責めているわけではありませんよ。ただ、前回の炊き出しの夜、〈スコルピオ〉のメンバー、江本雅史があなたに接触してきたのではありませんか？」

「そして、鬼塚一誠さんについてなにか言われた」

右京と薫に見破られているのを知り、伴坂が打ち明けた。

「あのルポライターには気をつけろって。しばらく前から〈スコルピオ〉を嗅ぎ回っていて、俺の過去も暴くつもりじゃないかって。それで『なんか書いたら殺すぞ』って脅せと、ナイフを渡されました。炊き出しの手伝いをしていたとき、あの人が広場を出ていくのを見て、雑木林のほうを捜していたら、あの人が地面に倒れていました。見つけたときには、もう息がなかった。それで取材内容が書いてありそうなものだけを抜き取って……。全部、俺のアパートにあります」

薫が伴坂の前に立った。

「ちょっと待った。君、逃げる鬼塚さんを追っかけてたわけじゃないのか？」

「違いますよ！　追いかけてたのはあの人のほうですよ」

右京が問いかける。

「どういう意味でしょう？」

「広場を出ていくとき、誰かを追っていたように見えました」

「誰かって、どんな人？　男？　女？」

畳みかけるように訊く薫に、伴坂は少し考えてから答えた。

「女の人だったと思います、たしか……」

四

右京と薫は古川すみれの勤務先のスーパーマーケットを訪ねた。搬入口付近にすみれを呼び出し、右京が告げた。

「鬼塚一誠さんは、生活困窮者を食い物にする半グレについて、取材を進めていました」

薫が続く。

「連中、あなたにも接触してましたよね。逮捕された半グレの話では、三十万で戸籍を売るようにとあなたに持ちかけてたと……」

すみれがため息をついた。

「嫌になっちゃったんですよ」

「はい？」

右京にうながされ、すみれが切々と語った。

「パートとデリバリーの仕事を掛け持ちしても娘の給食費さえまともに払えない。まともに暮らすこともできない……。だけど娘にはみじめな思いをさせたくなかった。だから戸籍を売って、お金に換えようって思ってました。なのにあの日、鬼塚さんが少し話をしたいと……。有名なルポライターが取材に来てるから気をつけろ。そう注意は受けていました。邪魔されたくなかった。だから、逃げたんです。私、頑張りが足りないんです。私みたいな人間は、こんなことするしかないんですよ」

「……間違ってる」

薫がつぶやくと、すみれが自嘲した。

「間違ってることぐらいわかってます」

「そうじゃない」薫がすみれの目を見て言った。「まともに暮らせないのは頑張りが足りないから……そんな考え、間違ってます」

「じゃあなに？　鬼塚先生は取材相手を追いかけてるさなか、心筋梗塞の発作を起こして亡くなったってわけ？」

〈薔薇と髭と…。〉で右京と薫から話を聞いたヒロコが驚いて訊き返すと、薫がうなずいた。

「まあおそらくはそういうこと」

「そうなの……。でも、そのすみれさんって人も切ないわねえ。うちの店で雇ってあげたいくらいだわ」

「んっ？」

「まあ、そういうわけにもいかないか。でも、右京さんや薫ちゃんのおかげで、あいつら半グレの犯罪も暴けたわけだし、これで一件落着じゃない」

「それがそうでもない……んですよね」

相棒から話を振られた右京はまだ考えごとをしているようだった。

「ええ。なぜ鬼塚一誠さんは、『すみれさんへ』と書かれたノエル美智子さんのサイン本を持っていたのか、謎は残ったままです」

「そうよね」ヒロコが同意した。「自分の書いたサイン本なら持っててもおかしくないけどね。これみたいに」

ヒロコがカウンターに置いてあった『新宿ダークストリート』を取り上げ、表紙をめくった。

「あら、名前書いてもらったの？」

薫が訊くと、ヒロコが嬉しそうに言った。

「そうよ。『愛するヒロコへ』って……」

「書けって言ったんじゃない？」

「当たり！」

大笑いしているヒロコの手から、右京が「失礼」と、サイン本を取り上げた。

「ヒロコさん、お手柄です。亀山くん、行きましょう」

サイン本を持ったまま店を出ていく右京を、薫は訳もわからずに追った。

「薫ちゃん！」取り残されたヒロコが叫ぶ。「アタシのお手柄って……なによ？」

右京と薫が向かった先は大塚家だった。大塚美智子はすべてを悟ったような表情で特命係のふたりをリビングへ迎え入れた。

　鬼塚が最期に握っていた『日なたの花』を薫が取り出すと、右京がおもむろに口を開いた。

「最初から不思議でした。ご主人が持っていたこの文庫本、少しも傷みがなく、紙に癖もついていない。ほとんど新品同様で、長い間、読み込んでいたようにはとても見えません」

　薫が文庫本を美智子の正面に掲げた。

「つまりこれは、すみれさんが手放した本とは別物だった」

「彼女が古書店に売ったサイン本はある意味、偽物(にせもの)だったんですよ」

　右京の言い回しを、美智子が気にした。

「偽物？」

　右京は壁にかかったカレンダーに近づき、余白に書き込まれた『18時　ハートテーブル』の文字を指差した。

「少し気になっていました。この『テーブル』の『ル』の筆跡。こちらの『ル』とは、別人が書いた字のように見えましてね」

　右京が続けて示したのは、『日なたの花』の見返しに書かれた『ノエル美智子』のサインの「ル」の字だった。

続いて薫が『新宿ダークストリート』の見返しを開いた。

「そしてここにご主人のサインがあります。ヒロコママが本人にねだって、その場で書いてもらったものです」

「この『す』の筆跡、こちらの『す』とそっくりなんですよ」

右京は『新宿ダークストリート』の見返しに書かれた「愛するヒロコへ」の「す」の字を示したあと、『日なたの花』に書かれた「すみれさんへ」の「す」を指差した。そして、たどり着いた結論を述べた。

「実はどちらのサインも、本物のノエル美智子さんがしたもの。つまり少女小説家、ノエル美智子の正体は、ご主人の大塚誠一さんだった。そしてあなたこそが……」

そのとき、美智子が声を絞り出すようにして言った。

「そうです。私が鬼塚一誠です」

三十年前、美智子はとある出版社の編集部にルポルタージュ原稿を持ち込んだことがあった。

「バブル崩壊後の不況で賃金水準は低迷し、このままでは格差社会が生まれてしまう……。そのことを自分なりの警鐘としてまとめました」

熱弁する美智子に、対応に当たった編集長は言った。

「視点は斬新、分析は的確だ。だがね、ペン一本で戦うのは、女には無理だよ」

「はっ？」

あまりの暴言に二の句が継げない美智子に、編集長は重ねて言った。

「女の頭には、いざとなったら男に養ってもらえばいいっていう考えがある。だから仕事に覚悟が生まれない」

「順序が逆ではないでしょうか。男女雇用機会均等法の改正法成立からわずか七年、いまだ平等が達成されていないからこそ……」

美智子は懸命に訴えたが、編集長はにべもなく原稿を突き返した。

「恋愛やファッションをテーマに書いてきたら、女性誌の編集部を紹介してあげるよ。じゃあまた」

地獄に落とされたような気分でエレベーターホールへ向かうと、ひとりの青年が原稿を胸に抱え悄然(しょうぜん)と立ち尽くしていた。美智子はひと目で青年が同じ境遇の人間と見抜いた。

「あなたも持ち込み？　ボツだったんでしょ。私もよ。なに書いたの？」

その青年、大塚誠一はしばしためらった後で「少女小説」と答えたのだった。

美智子は誠一を近くの喫茶店に誘って話を聞いた。誠一は実家の本棚に少女小説がたくさんあったことから、そのジャンルに興味を持ったと語った。それで自分でも書きたいと思ったが……。

「パステル文庫の新人賞は女性しか応募できないんだ。だから持ち込むしかなくて……。気味悪そうな目で見られたよ。男が少女小説書くのって、そんなに変かな？」

悔しそうに唇を噛む誠一を見ていて、美智子は妙案を思いついた。お互いの原稿を入れ替えることにしたのだ。


「私たちは、それぞれ相手の原稿を持って、出版社に売り込みに行った。そして、どちらもデビューが決まった」

過去を振り返る美智子に右京が言った。

「以来、あなたは少女小説家として、ご主人の大塚誠一さんはルポライターとして、お互いの作品を世に出してきた」

「ご主人の取材に同席してたっていうのも……」

薫の言葉を美智子が継いだ。

「そう。取材していたのは、私のほう」

美智子は場を和ませるという名目で誠一の取材に同席し、実際は取材相手の言動を克明にメモしていたのだった。

薫も今や、なぜあの日、美智子が新宿東公園にいたのか理解できた。

「〈ハートテーブル〉のボランティアも、取材のためだったんですね」

「善意の活動を悪事に利用する連中を追っていた。彼ら、ボランティアのおばさんのことなんて、少しも警戒していなかった」

「そして取材の中で、あなたはある女性を見かけました」

右京の推理通りだった。美智子が炊き出しの食料を配っていたとき、ひとりの女性がそれを受け取るために手を伸ばした。右手の甲の三つのほくろに見覚えがあった。美智子は、その女性が面（おも）やつれこそしているが、古川すみれであることに気づいたのだった。

美智子は帰宅して、そのことを誠一に伝えた。

事情を聴いた右京が、誠一の行動を推し量った。

「以来、大塚誠一さんは、〈ハートテーブル〉の取材を装って、食料品配布会場にすみれさんの姿を探すようになった。そしてあの夜、誠一さんはついにすみれさんを見つけ、接触を試みようとした。しかし、すみれさんはルポライターを避けるように注意を受けていたので、その場から逃げ出した。誠一さんはすみれさんを追う途中で心筋梗塞を起こしてしまった」

薫がその先を続けた。

「ご主人は自分のサイン本を持っていた。すみれさんに、本物のノエル美智子としてサインを渡して、事の真相を告げようとしたんでしょうね」

美智子が悲しげな笑みを浮かべた。

「夫は最初の発作以来、ずっと死を意識していました。だから、つらい時代に励ましてくれたすみれさんというファンをだまし続けるわけにはいかなかったんだと思います。私たちはずっと読者をだまし続けてた……。きっとその報いだったんでしょうね」

「ちなみに上野の半グレについて所轄署に情報を提供したのは……」

右京の言葉に、美智子が応じる。

「私です。鬼塚一誠はすでに死んだ。彼のペンはもうなにも暴けないでしょう」

「それがあなたの本心でしょうか？」右京が問う。「あの夜、大塚誠一さんがすみれさんに告げたかったのは、自分の正体だけではなかったと思いますよ」

薫がゆっくり語りかける。

「きっと大切なメッセージを伝えようとしたんですよ」

「メッセージ……」

「それがなんなのか、あなたにはわかっているはずです。なぜなら、あなたと大塚誠一さんは同じ世界を目指していたはずですから」

右京に言われるまでもなく、美智子にはそのメッセージがわかっていた。

数日後、新宿東公園でおこなわれた〈ハートテーブル〉の食料品支援の会場に、古川すみれが現れた。

　美智子はすみれにサイン入りの『日なたの花』の文庫本を差し出した。

「夫が……ノエル美智子があなたに伝えたかったのは、『この世界は美しく、人生は喜びに満ちている』ということ。その思いを、私は鬼塚一誠として、世の中に伝えていきたいの。困窮する人々のその声を、現場から私と一緒にすくい上げてほしい。この社会のなにが間違ってて、どうすればそれを正すことができるのか……。私の仕事、手伝ってもらえないかしら？」

「私が？」

「人生の困難も、人生の希望も、どちらも知ってるあなただからこそ頼みたいの」

「はい……」

　すみれは文庫本を抱きしめ、むせび泣いた。


　そのようすを少し離れた場所から、右京と薫とヒロコが見ていた。

「『この世界は美しく、人生は喜びに満ちている』……ノエル美智子さんのメッセージは、我々は決して希望を失ってはいけない、そう伝えたいのかもしれませんねえ」

　右京の言葉に、薫が同意した。

「ええ。俺もそう思います」

「そうよ！　人生捨てたもんじゃないわよ。なんたって大好きな人が帰ってきてくれたんですもの」

そう言って、ヒロコは薔薇の花束を薫に渡した。

「おっと？」

「おかえりなさい、薫ちゃん！」

ヒロコが薫の腕にしがみついた。

第十五話 女神

一

警視庁特命係の警部、杉下右京は、毎晩のように家庭料理〈こてまり〉に顔を出し、お決まりのカウンター席で日本酒を嗜んでいた。

右京の相棒の亀山薫は妻の美和子とふたりで夕食をとることも多かったが、その夜は〈こてまり〉で愚痴っていた。というのも、昨夜、レストランでのディナー中に美和子と喧嘩をしてしまったからだった。怒った美和子にコップの水を浴びせられ、「別れます」と告げられたと聞き、女将の小手鞠こと小出茉梨が声を上げた。

「あらまあ、昨日そんなことが？」

「せっかくのお休みが台無しでしたねえ」

右京が慰めると、薫は「もう地獄ですよ、地獄」と顔をしかめた。

「なんか地雷、踏んじゃったんじゃないですか？」

小手鞠に訊かれ、薫は首を振った。

「いやいやいや、俺の返事の仕方が気に入らないとかなんとか、突然いちゃもんつけだしてね」

薫が差し出した夫婦カウンセリングのパンフレットを右京が手に取った。

「それにしても急な話ですねえ。昨日の今日で夫婦カウンセリングを申し込むとは」

「言い出したら聞かないんですよ、あいつはもう……」

右京がパンフレットをめくると、首にスカーフを巻いた、品のよい女性カウンセラーの写真や、山荘風のカウンセリング施設の写真が現れた。

「ほう、なかなか良さそうなところではありますが」

「右京さん、バカンスに行くんじゃないんですよ」

「これは失礼」

「やってられませんよ、もう！」

薫が膨れっ面で猪口(ちょこ)を空けた。


その頃、警視庁捜査一課の伊丹憲一たちは、古いアパートの一室を捜査していた。

「ここはもう調べ尽くしましたけど」

気乗りがしないようすの出雲麗音を、伊丹が諭す。

「現場百回って言うだろ」

「でも衝撃っすよねえ、あの竹村彰二(たけむらしょうじ)が……」

芹沢慶二の言葉に、伊丹がうなずいた。

「ああ、こんな部屋で寝たきりだったなんてな」

麗音が時を経て変色してしまった壁を懐中電灯で照らす。

「こういう事件、特命が好きそう」

「そろそろひょっこり……！」

芹沢が突然背後を振り返って照らしたが、そこには誰もいなかった。

「やめろ。本当に出るぞ」

伊丹は特命係のふたりをまるで幽霊のように扱った。


数日後の朝、組織犯罪対策部薬物銃器対策課長の角田六郎がいつものように「暇か？」

と呼びかけながら、特命係の小部屋にコーヒーの無心にやってきた。

しかし、部屋には右京も薫もおらず、入口のネームプレートは赤のままだった。

「なんだよ、ふたりとも休みか」


薫は休みを取って、美和子とともに夫婦カウンセリングの施設を訪れていた。山荘風の洋館の広間で長椅子に座って待っていると、首にスカーフを巻いた年配のカウンセラー橘志織が姿を現した。

「どうもお待たせしました」

志織は広間の正面に置かれた大きな女神像の前に進み、壁際の長椅子に座る、ともに眼鏡(めがね)のカップルに声をかけた。

「まずは渡辺(わたなべ)ご夫妻。今、ご婚約中でしたね？　こんにちは」

渡辺拓也(たくや)がひと回りほど年長の婚約者、斉藤千春(さいとうちはる)の肩を抱いてうなずくと、志織は反対側の壁際の長椅子に目を向けた。

「それから亀山ご夫妻」

美和子は会釈したが、薫は不機嫌そうな顔でそっぽを向いていた。

「亀山さん、奥さまときちんと向き合ってくださいね」

「あっ、いや、これは……はい」

薫が不承不承うなずくと、志織は薫の視線の先の長椅子に目を転じた。

「最後にご参加くださったのは、杉下ご夫妻ですね」

右京と小手鞠がにっこり微笑(ほほえ)んで、頭を下げた。


志織が広間から出ていくと、薫が右京の前に立った。

「なんなんですか、もう！　冷やかしはやめてください！」

不満をぶつけて部屋を去る夫に、美和子が声をかける。

「ちょっと薫ちゃん！」

「おやおや」右京は澄まし顔のままだった。

「そんなつもりじゃなかったんですけどねえ」

小手鞠の言葉に、美和子が反応した。

「じゃあ、どういうつもりですか？」

すると、右京も小手鞠に訊いた。

「どういうつもりなんですか？」

「はあ⁉」

小手鞠がぽかんとすると、美和子は苦笑した。

「いや、私はおふたりに訊いてるんです」

「僕は小手鞠さんに訊いてます。勝手についてくるなんて……」

「勝手にって……。参加したいから、プロフィールを貸してくださいっておっしゃったの、杉下さんじゃありませんか」

「ええ、ですからプロフィールをお借りしただけです。急な都合で妻は来られなくなった。そう言って、ひとりで参加するつもりだったんですよ」

「私だって、おふたりのことが心配なんです」

小手鞠のひと言を受け、右京が意外なことを言った。

「ふたりのことは心配していません」

「えっ？」美和子と小手鞠の声がそろった。

　右京は年上の婚約者と仲睦まじいようすの渡辺を見やった。

「美和子さん、最近、結婚詐欺の取材をなさっているとおっしゃっていましたねえ。ここに来た狙いは彼ですね？」

「さすが右京さん、バレてましたか」

「唐突な夫婦喧嘩からのカウンセリング。なにかあると思って当然ですよ」

　美和子が声を潜める。

「あの男、私の調べでは三度結婚詐欺してます」

「ええっ⁉」小手鞠も小声になった。「じゃあ、あの女の人もだまされてる？」

「婚活パーティーで出会って、その場でプロポーズ」

「おやおや……」

「で、翌日、この夫婦カウンセリングに申し込んだ。これはなにかあると思うのが当然じゃないですか？」

　右京が理解を示す。

「そこで潜入取材となったわけですね」

「だったら亀山さんに事情を話して、普通に協力してもらったら？」

　小手鞠の提案は美和子と右京から同時にダメ出しされた。

「それは駄目です」「いけません」

美和子が理由を語る。

「薫ちゃん、嘘つけないんですもん」

「ええ」右京が同意した。「彼はすぐ顔に出てしまいますからねえ」

「右京さんがいてくれるなら安心です」

美和子がほっとした表情で笑うと、右京がしかつめらしく言った。

「実は僕の興味は別にありまして」

「別に？」小手鞠が小首をかしげる。

「四十年前、ある大富豪の屋敷にふたり組の強盗が押し入り、多数の宝飾品を盗みました。彼らはこの山荘に逃げ込み、数週間身を隠しました。最後は警察に追われ、別々に逃走しましたが、その後の行方は杳として知れません」

「盗んだ宝飾品はどうなったんですか？」

小手鞠が訊いた。

「そこです。実はそのふたり、逃走前にこの山荘のどこかに盗んだ宝飾品を隠したといわれているんです。その額、十億」

「十億⁉」

「あれ？　なんかその話、最近……」

記憶を探る美和子に、右京がうなずいた。

「ええ。五日前に、首を絞められて殺された男の死体が発見されました。男は生前北川徹と名乗っていたそうですが、指紋照合の結果、その四十年前の強盗犯のひとり、竹村彰二であることが判明したんです」

そこまで説明され、小手鞠も思い出した。

「それ、ニュースで見ました」

「気になりませんか？　竹村の殺害直後、この山荘に慌ただしくやってきた者がいる。怪しまれずに財宝を探すには、ここで夫婦カウンセリングを受けるのが、最も手っ取り早いですからねえ」

「じゃあ、もしかして……」

小手鞠より先に、美和子が言った。

「っていうことは、あの男、ただの結婚詐欺師ではないってことですか？」

「さあ、どうでしょう？」

右京がはぐらかした。

捜査一課の三人は、その日も竹村が殺されたアパートの一室に来ていた。伊丹は先ほどから、竹村のベッドの脇の壁に残されたボールペンの跡を眺めていた。何本もの線が不規則に交差しており、図形のようにも文字のようにも見えなくはなかった。

「やっぱり気になる……」

芹沢は否定的だった。

「でもそれ、事件との関連性は薄いって鑑識が」

麗音も芹沢に同調した。

「いつ書かれたものかわからないし、たまたまボールペンの先が触れただけだろうって」

しかし、伊丹は別の見解を持っていた。

「いいや、きっとダイイングメッセージだ」

「なんでそう思うんすか？」

呆れる芹沢を、伊丹が一喝する。

「馬鹿野郎！　長年の刑事の勘だ」

芹沢は伊丹の勘がめったに当たらないのをよく知っていた。

「ああ、そうっすか」

「竹村彰二は三十年前、大きな事故に遭って半身不随になりました。近頃は年齢のせいもあって症状がひどくなり、手を動かすのもやっとだったそうです。ヘルパーの話じゃ、そもそもペンを握れなかったそうですよ」

麗音から噛（か）んで含めるように説明され、芹沢からも「まあ現場百回もいいですけど、そろそろ他を当たりましょうよ。ねっ？」と説得され、ようやく伊丹は壁から目を離した。その際、ヘルパーの曜日ごとの担当表がチラリと視野に入った。腰から上を写した写真入りで、冷蔵庫に貼られていた。

二

美和子はカウンセリング室のソファに薫と一緒に座り、興味深そうに微笑みを浮かべる橘志織に向かってまくし立てていた。

「水曜日はですね、ポイントが三倍なんですよ。だからひと駅向こうのスーパーまで買い物に行くんですけど、嫌がるんですよ、『面倒くさい』って言って」

「普通そうですよね？」

薫が志織に同意を求めたが、賛同は得られなかった。美和子が立て板に水を流すように続ける。

「いやこっちはね、家計のためにポイントをためてるんですよ。そんなこと言われたらね、ポイントよりストレスがたまっちゃうわけ」

「なにうまいこと言ってんの」

仏頂面で返す薫に、志織が話しかけた。

「亀山さん、『愛してる』と口に出しておっしゃってますか？」

「はあ？」

「奥さまに」

「そんなの言わなくてもわかるでしょ」

照れる薫を、美和子がからかった。

「わがんねえ」

「どうぞ奥さまに言ってあげてください。さあどうぞ」

「あ……愛……もう嫌だ!!」

薫は部屋を飛び出した。


広間では右京と小手鞠、拓也と千春が志織との面談を待っていた。

千春が女神像の前で拓也を呼んだ。

「たっくん、写真撮ろうか」

「おう」

拓也が隣に立つと、千春は女神像をバックに自撮りをするためにスマホを持つ手を伸ばした。

「ああ……ちょっと待ってね」

千春が手で髪を整え、眼鏡をはずした。

「持つよ」拓也が千春の眼鏡を持つ。

それを見ていた右京がふたりの前に立った。

「お撮りしましょうか?」

右京の申し出は拓也に断られた。

「ああ、いえ大丈夫です」

「いえいえ、ご遠慮なさらず」

右京がさらに申し出ると、千春も遠慮した。

「大丈夫ですよ」

そこへ薫がやってきた。

「次、杉下夫妻どうぞ!」


カウンセリング室に入った右京は、志織を前に情感を込めて語っていた。

「街には気の早い正月飾りが。ああ、もう年の瀬だなと思ったものです。僕はなじみの店をなくしたばかりで、少しばかり塞(ふさ)いでいましてね。そんなとき、彼女の店を紹介されたんです。最初に頼んだのは揚げ出し豆腐。口に入れた途端わかりました。彼女の人柄がにじみ出ていましたので」

「まあ嬉しいわ、あなた」

小手鞠が頬を染めると、時折結婚指輪を回しながら耳を傾けていた志織が口を開いた。

「素敵な出会いですね」

「恐縮です」右京が軽く頭を下げた。

「予習されました？」

「はい？」

「なにを訊かれるか、あらかじめ想定問答集を作って、覚えてこられたんじゃないかと思って」

「いえ、さすがに想定問答集まで作りはしませんが、一応……心構えは」

「ありのままが見たいんです」

「ああ、そうですよね」

「それから奥さま」志織が小手鞠に言った。「出会った日のことをなんにも覚えていらっしゃらないようですけど」

「最近物忘れがひどくて」

笑ってごまかそうとする小手鞠を見ながら、志織は無意識に結婚指輪を回していた。

「またかよ……しつこいな」

聞き込みに来た伊丹たちを見て、訪問介護ステーションの主任が聞こえよがしに言った。すぐに芹沢が反論した。

「いやいや、しつこいっていうほど来てないでしょ」

「北川さん……じゃなかった。えーっと……」

本名を思い出せない主任に、麗音が助け舟を出す。

「竹村です。竹村彰二」

「その人のことなら、もう知ってることは全部話しました」

主任の迷惑そうな表情を気にも留めず、伊丹が用件を告げた。

「今日は竹村のことではなく、スタッフの吉田さんにもう一度、お話をうかがいたくて来たんです」

「今どちらに?」芹沢が訊く。

「吉田は、まだショックで休んでますって」

「ちょっとロッカーを拝見します」

伊丹がスタスタとロッカールームに進む。

「えっ、いや、ちょっと……」

あとを追おうとする主任を、麗音が止めた。

「大丈夫です。ちょっと見るだけですので……」

伊丹は吉田のロッカーを開け、インクの染みのついた介護用のウエストポーチを見つけた。

「やっぱり！」

右京はカウンセリング室を出ながら、志織にもらった診断書に目を通した。

「なるほど、我々はスキンシップが足りないようですよ」

小手鞠も診断書をのぞき込んだ。

「あらっ！　ステップ1、お互いの趣味を楽しみましょう、ですって」

「よろしくお願いします」右京が会釈した。

カウンセリングの一環で、薫と美和子は隣接するゴルフコースでゴルフをしていた。美和子が打ったボールは目標の旗を大きく外れ、千春の手を取ってレクチャーしている拓也の足元まで転がった。

美和子が駆け寄って、詫びる。

「すみません、お邪魔しちゃって」

拓也は笑顔でボールを拾い上げた。

「いえいえ、大丈夫ですよ」

そのようすを、山荘の広間の窓から小手鞠が見ていた。

「あの男、宝探しをしているようなようすはありませんねえ。いつ尻尾を出すんでしょうねえ」

右京が苦笑した。

「日中から怪しまれるような行動はとらないでしょうがね」

「なるほど、言われてみれば」

「探偵ごっこを楽しんでいるようですねえ」

「だっていつもカウンターの中でお話聞いてるだけなんですもの。物足りないと思ってました」

「その気持ち、わからないでもありません」

右京がティーポットを高く掲げ、優雅な手つきで紅茶をカップに注(つ)ぐと、小手鞠は無邪気に喜んだ。

「うわあ、すごい！」

右京がティーカップの載ったソーサーを差し出した。

「どうぞ」

「ありがとうございます」

「空気がおいしいと紅茶の風味も格別です」

「素敵なところですよねえ」

広間を見回す小手鞠に、右京が説明した。

「もともとは貸別荘だったのですが、例の強盗犯たちが滞在していたことが原因で利用者が減り、事件の数年後に売りに出されたそうです。それを買ったのが橘先生」

「やり手ですねえ、若くしてこんなお屋敷を買えるなんて」

「その後、カウンセラーの資格を取り、ここをカウンセリング施設として改装し、開業したそうですよ」

右京が小手鞠にパンフレットを渡した。

「だけど、なんでわざわざそんな謂れのよくない山荘なんて買ったんでしょうねえ？」

「僕も気になっています」

「ひょっとして、例の財宝を探すためだったとか？」

そこへ志織がやってきた。

「財宝なんてただの噂ですよ」

「ああ、すみません」

小手鞠がバツが悪そうに謝ると、志織が言った。

「都心からほど近く、自然が美しい場所だからです。せっかくいらっしゃったんですから、外に出られてみてはいかがでしょう？」

「では、おすすめの場所を案内していただけると助かるのですが」

右京の言葉に、志織が失笑した。

「そういうところですよ」

「はい？」

「『夫婦生活は長い会話である』」

志織が引用した警句の出典を右京は知っていた。

「ニーチェですね」

「杉下さんは一度、結婚に失敗なさってましたね」

「……ええ」

「まずは奥さまに、どこに行きたいか、なにをしたいか、尋ねてあげてください。夫婦の会話はそこからはじまるんです」

「ああ……なるほど！」

右京はたじたじとなった。


捜査一課の三人はとあるマンションの一室を訪ねていた。

「吉田さんとはルームシェアされてるんですか？」

玄関口で麗音が質問すると、住人の若い男が面倒くさそうに言った。

「いや、だから向こうが転がり込んできたんですよ」

「転がり込んだ？」伊丹が訊き返す。

「言ったじゃないですか、二、三カ月前に来たって」

無愛想な男に、芹沢が嫌みをぶつけた。

「言ったって……聞いたのは初めてでしょ」

「すぐ出て行くから、しばらくいさせてくれって言われて。うち来る前も、あちこち寝泊まりしてたそうです」

「あちこち？」伊丹が反応した。

「そこ、あいつの部屋です」

男が目で示したのを受け、三人は中に入り、吉田が使っていたという部屋を調べた。

「迷惑なんだよなあ。泊めなきゃよかった」

男がぼやいたが、三人は捜索を続け、やがて麗音が複数の通帳を見つけた。

「伊丹さん。これ全部、名義が違います」

「詐欺を働いてたってわけか。だから逃げるようにあちこち転々としてた」

芹沢が「鈴木司（すずきつかさ）」宛ての封書やはがきを見つけた。

「こっちも見つかりました。大事に取っておいたみたいですね。『吉田』は偽名で、この『鈴木司』っていうのが本名なんじゃないですかね？」

伊丹が古い封筒を取り上げ、差出人に目をやった。

「児童養護施設か。ん、この場所……」

　夕刻となり、冷え込んできた山荘の広間では暖炉に火が入れられた。拓也と千春はそのそばでワインを飲んでいた。美和子もふたりの近くでワイングラスを手にようすをうかがっていた。

　すると拓也がワインのお代わりを取りに行ったので、その隙に美和子は千春に近づいた。

「彼、イケメンですねえ」

「ありがとうございます」千春が照れながら頭を下げた。「やっと親を安心させられそうです」

「ご両親はなにをされているんですか？」

「ああ、ちょっと会社の経営などを」

「ご令嬢なんですねえ！」

　右京と小手鞠は展望台から夕日を眺めていた。

「きれいですねえ」

　小手鞠が感嘆の声を漏らすと、右京は「ええ本当に」と同意し、後ろに立つ志織を振り返って言った。「いい場所を紹介していただきました。なにか思い入れのある場所なのでしょうか？」

「あの沈む夕日と一緒に、私も連れて行ってほしい……。時折そう思うことがあります」

「あちらに待っていらっしゃる方が？」

　小手鞠の問いかけに、志織は「ええ。夫とはずいぶん前に」と答えた。

「そうだったんですね……」

「さあ、もう行きましょう」

　思いを断ち切るように歩き出そうとする志織に、右京が左手の人差し指を立てた。

「あっ、ひとつだけよろしいでしょうか？　あの山荘、何度か改修されてますね」

「ええ、もう古いですから」

「ですが、広間の女神像だけは手つかずのままのようですが」

「あの山荘のシンボルのようなものでしたので、当時のままにしてあるんです」

「なるほど、そうでしたか」

「杉下さんは詮索がお好きなんですね」

「すみません」小手鞠が割って入った。「この人の悪い癖で」

「一方的な質問はよくありませんね。会話はキャッチボールですよ、杉下さん」

「あっ、気をつけます」

右京は志織にやられっぱなしだった。

三

その頃、捜査一課の三人は、吉田こと鈴木司宛ての封筒の差出元である児童養護施設に来ていた。三人に応対したのは老齢の三宅(みやけ)という園長だった。

伊丹が口火を切る。

「こういった施設は経営が大変なんでしょうねえ」

「ええまあ」

「先日、竹村彰二という男が殺されたのはご存じですよね?」

芹沢が本題に入ると、麗音が補足した。

「四十年前の強盗犯のひとりです」

「竹村が強盗に入った屋敷がここのすぐ近くなんですよ。それでちょっと気になって調べてみたんですが、こんな記事が」

そう言いながら、芹沢が内ポケットから新聞記事のコピーを取り出した。見出しは「足長おじさん　児童養護施設に三千万円の寄付」となっていた。

「この『足長おじさん』の正体は、竹村彰二だったんじゃないですか?」

伊丹が問い詰めると、三宅はあっさり認めた。

「ええ、そうです」

「やっぱり！」

「親友でした。だから当時、警察には言わなかったんです」

「見ろ！　思ったとおりだ！」

伊丹が後輩たちに自慢すると、芹沢が麗音に耳打ちした。

「やけにあっさり認めない？」

「ですよね」

三宅が話を続けた。

「屋敷に住んでいた男は、このあたりじゃ有名なあくどい金貸しだったんです。そいつに人生潰された連中がたくさんいます。私も苦しい思いをしました。竹村もです」

伊丹が顔を突き出した。

「だから仕返しを受けて当然だと？」

「自分だけのためじゃなかった。竹村は苦しい思いをしたみんなのために、金を奪い返してくれたんです。おかげでここからたくさんの子供たちが社会へ出て行くことができました。私にとって竹村は英雄です」

「英雄？」麗音が首をかしげる。

「犯罪者ですよ」

芹沢が反論しても、三宅は意見を変えなかった。

「何度警察に言われても、その気持ちは変わりません」

「『何度言われても』って?」

ここにきてようやく芹沢は、訪問介護ステーションの主任や、鈴木が泊まっていた部屋の若い男の対応が邪険だった理由に思い至った。麗音が確かめる。

「他に誰かに話されたんですか?」

「先日いらっしゃった刑事さんに」

「もしかしてオールバックに眼鏡をかけた?」

伊丹の懸念は的中した。

「ええ、杉下さんって方でした」


山荘のキッチンでは、三組のカップルが夕食の準備をしていた。

橘志織が参加者たちに声をかける。

「皆さん協力してやってくださいね。そうすることで会話やスキンシップが自然と増えていきますよ」

美和子は調理はそっちのけで、渡辺拓也の動向をうかがっていた。拓也も婚約者の斉藤千春もあまり料理が上手ではないらしく、火にかけた鍋が煮立って、噴きこぼれそうになった。あたふたしているふたりのもとに、右京が駆け寄った。

「お手伝いしましょうか？　こんなとき、こうしてスプーン一本、鍋に沈めると、噴きこぼれは収まります。はい」

右京がスプーンを鍋に投入すると、ぶくぶくと煮え立っていた鍋がたちまち静まった。感心して目を瞠るふたりに右京が言った。

「おふたりは、仲がよろしいんですね」

「ありがとうございます」拓也が頭を下げた。「歳が離れてるんで、この先のことも考えて、一応カウンセリングに来たんですけど……」

「でも心配なかったみたいです。とても話が合うので」

千春が恥ずかしそうに告げると、右京が話を膨らませた。

「それはそれは……。で、どのようなお話を？」

答えたのは拓也だった。

「普通に映画とか音楽とか」

「映画はなにがお好きですか？」

「『ショーシャンクの空に』」

「なるほど。たしかに素晴らしい映画ですが、しかし無実の人間が刑務所に送られるとは、いったい警察はどんな捜査をしたのでしょうねえ」

右京の感想に、小手鞠が反論する。

「そういう映画じゃありませんよ」

「捕まっても脱獄できるって話です」

拓也の言葉に耳を澄ませていた美和子が、思わず包丁をまな板の上のイカに叩きつけて独り言つ。

「それも違うだろ！」

「おい、美和子！」妻の乱暴な言動に薫が目を丸くする。

右京は千春にも質問した。

「あなたは？」

「あっ、『フォレスト・ガンプ』です。大学に入ったばかりのとき、公開初日に見て感動しました」

「ええ、僕も感動しました。人生は一期一会」

薫は美和子がずっと拓也のほうを見ているのに気づいていた。

「お前、なに？　そんなにあの男が気になるわけ？」

「すご〜くね」

「……ふ〜ん」ひとりだけ事情を知らされていない薫がむくれた。

児童養護施設では、園長の三宅が、「鈴木司」宛ての暑中見舞いのはがきを見ていた。

「ええ、覚えてます。卒園生にはたまにこうやって手紙を送ってるんです。社会になじめてるかどうか心配で。鈴木くんとはこれっきり、長い間音信不通でした」

「あちこち転々としてたようですよ」

伊丹の言葉に、三宅がうなずく。

「ええ、そうみたいですね。半年前に突然訪ねてきたときは驚きました。行く当てがないから家に泊めてほしいと。ひと月ほどでしょうか……うちにいました」

「おそらくそのときに、あなたが竹村彰二と知り合いだと気づいたんでしょうね」

「きっと私が竹村のようすを見に行ったときに、あとをつけていたんだと思います」

「伝説の強盗犯が身近にいたと知って、鈴木司は喜んだでしょうね」

芹沢の推測を、麗音が受ける。

「うまくいけば十億ですから」

「そして、ホームヘルパーとして近づき、財宝の在りかを聞き出してから殺した」

芹沢がさらに推測を進めると、伊丹は疑問を呈した。

「しかし、竹村はなんであんなボロボロのアパートに住んでたんですか？　財宝を隠し持ってたわけでしょう？」

「私にもよくわかりません」三宅がかぶりを振った。「ただ、あいつはひっそり人生を終えたいと思ってたんでしょう。よく言ってました。『ここを終のすみかに決めたんだ』と。誰にも知られたくなかったんでしょうね。特に大沢には」

「大沢?」芹沢が訊き返す。

「一緒に強盗した奴ですよ」

「あなた、もうひとりの強盗犯もご存じなんですか⁉」

伊丹が目を丸くした。


山荘のキッチンでは、薫がひとりでコーヒーを飲みながらため息をついていた。

そんな薫に背後から声がかけられた。

「君がため息とは珍しい」

薫が振り返る。

「あっ、右京さん」

「美和子さんのことですか?」

「笑いたきゃ笑ってくださいよ。美和子の奴、あの拓也ってのに気があるみたいで」

「はい?」

「このままじゃね、本当に離婚ですよ」

「君の中でそんなことになっているとは知りませんでした。では僕がひとつ、夫婦円満の秘訣を教えましょう」

　左手の人差し指を立てる右京を、薫が茶化す。

「どの口が言ってんですか」

「この口です」

　右京は生真面目に答え、意外な事実を明かした。


　警視庁に戻った伊丹はデスクの上に、竹村の殺害現場の写真を並べて眺めていた。

「終のすみかねえ……」

　芹沢も写真に顔を近づけた。

「なんでこんなとこを……」

　そこへ麗音が入ってきた。

「鈴木司の現在の居場所がわかりました！」

　そして高速道路を走行する車をとらえたNシステムの画像を見せた。

「これです」

　車の運転席の渡辺拓也がはっきりととらえられていた。助手席で笑う斉藤千春の姿も写っていた。

星空の下、山荘のテラスにたたずむ志織に右京が声をかけた。

「眠れませんか？」

「杉下さん」志織が振り返る。

「驚かせてしまったようで申し訳ありません」

「駄目ですよ、こんな時間に奥さまをひとり部屋に残しては。夜は夫婦にとって、ふたりで過ごす最も大事な時間です！　なんてね。あなた方、ご夫婦じゃないでしょう？」

「おや、見抜かれてましたか」

「とっくに」

「では僕もあなたの隠しごとをひとつ」右京が左手の人差し指を立てる。「あなた、結婚されていませんね？　普段は結婚指輪をせず、夫婦カウンセリングのときだけ、既婚者であるほうが信用されやすいためにつけてらっしゃるのでしょうねえ。だから取り外ししやすいように、あえて大きめのサイズにしている。普段つけ慣れていないために、違和感からつい指輪を触ってしまうようになったのではないかと思えるのですが」

「よく見てらっしゃるのね」

「細かいことが気になる性分でして」

「夫婦生活のコツは、ときには目をつむってあげること」

「心得ておきます」

亀山夫妻の部屋では、薫のいびきが響き渡っていた。しかし美和子は眠らずに、壁に耳を押し当てて、隣の部屋の拓也と千春のようすをうかがっていた。と、ドアを開けて廊下に出るかすかな足音が聞こえてきた。

「出た！」

美和子はそっと廊下に出ると、隣の部屋から出てきた黒ずくめの人影を追った。

右京と志織の話はまだ続いていた。

「独身のあなたがなぜ夫婦カウンセリングのお仕事を？」

「それは偏見というものですよ。独り身の人間が夫婦にアドバイスをしてはいけないなんて……」

「語弊がありました」右京が認めて言い直す。「ではなぜこの場所であなたは夫婦カウンセリングをはじめたのでしょう？」

「都心からほど近く、自然が美しい場所だから。そうお答えしませんでしたか？」

右京が話題を変える。

「五日前、とあるアパートの一室で男の遺体が発見されました。指紋照合の結果、四十年前の強盗犯のひとり、竹村彰二であることが判明しています。竹村の素性を知った人物が盗んだ宝飾品の在りかを聞き出してから殺したとも考えられます。その人物が夫婦と偽って、この山荘に来ています。おそらく……もうすぐ姿を現すはずです」

黒ずくめの人影は広間に入り、懐中電灯で女神像を照らした。そのとき右京が広間の照明をつけた。明かりに照らし出されたのは斉藤千春だった。てっきり渡辺拓也だろうと考えてあとを追ってきた美和子が、虚を衝かれたような表情になる。

右京が千春に言った。

「やはりあなたでしたか」

「どうして？」

「気づいていないでしょうが、あなたいろいろミスを犯していましたよ。まずはここで自撮りをしていたとき。眼鏡のレンズに度が入っていませんでした。いわゆる伊達眼鏡です。おしゃれのためにしているのなら、写真を撮るときに外す必要はありません。眼鏡をかけることで、奥手の女性に見えるとでも思ったのでしょうかねえ？」

千春が悔しげに目を瞠るなか、右京は続けた。

「それから『フォレスト・ガンプ』の日本公開は一九九五年です。大学に入ったばかりのとき、公開初日に見たのなら、現在あなたの年齢は四十六歳。ですが、カウンセリングのプロフィールでは四十歳となっていました。ご自身の設定年齢をつい忘れてしまったようですねえ。竹村彰二を殺害し、財宝を手に入れるために、渡辺拓也さんを利用してこの山荘に乗り込んだ。そうですね、千春さん。いえ、鈴木司さん」

「どけ」

　正体を見破られた鈴木司は右京を突き飛ばしていきなり駆け出し、ドアの前にいた美和子に懐中電灯を振り下ろそうとした。そこへ薫が入ってきて、司を床に押し倒し、取り押さえた。

「薫ちゃん！」

「俺に内緒で潜入取材なんて危ねえじゃねえか！」

「知ってたの？」

「ああ、全部聞いたよ、右京さんからな。結婚詐欺師を追ってたんだろ？　一方、右京さんは、竹村を殺して宝探しに来てた奴を追ってた。犯人が行動を起こすなら、みんなが寝静まった頃。だから寝たふりして、動き出すのを待ってたんだよ」

　そこへ騒ぎを聞きつけた小手鞠と拓也が入ってきた。

「ねえ、どういうこと？」

　状況が理解できていない小手鞠に、右京が説明する。

「彼女はもともと、ホームヘルパーをしながら後妻業的なことをしていたんですよ。高齢者をだましては貯金を奪い、別の介護会社に移る。どこも人手不足で、歓迎はされても疑われることなどなかったでしょうねえ」

「それ、いつ調べたんですか？」

薫の質問に、右京は澄まして答えた。

「君が休みを取って、美和子さんと喧嘩した日です。殺害されたのが竹村彰二だと知って、がぜん興味が湧いたものですからね」

「さすがは右京さん」

「どうもありがとう」右京が説明を再開する。「児童養護施設の園長、三宅さんにも話を聞きました。三宅さんの自宅で世話になったときに、竹村のことを知ったんですね？」

右京に問いかけられると、司はやけになったように告白した。

「そう。だからヘルパーとして近づいたってわけ。介護される人ってさ、寂しいのか、ちょっと優しくすると、すぐ心開いてベラベラしゃべりだすんだよね。のろけ話までしてたよ。結婚を約束した人がいたけど、こんな体になって諦めたって。でも聞きたいのはそんなことじゃなかったから」

そしてついに司は、竹村の過去を聞き出すことに成功したのだった。

「へえ！　北川さん三千万も寄付したことあるんですか！」

司が感心してみせると、竹村は遠くを見るような目になった。

「ずっと昔にね」

「すごい！　その施設の子供たち、きっと感謝してますよ」

「そうだといいな……」

次の瞬間、司が本性を露わにした。

「で、残りの財宝はどこ？」

「えっ？」

司はベッドに横たわる竹村にまたがり、迫った。

「十億の隠し場所だよ」

「あんた……それが目的で……」

竹村が司の狙いを知ったところで、司はロープを取り出して竹村の首に巻きつけた。

「言わなきゃ殺すよ。脅しじゃないよ？」

「勝手にしろ。生きてたって仕方がない」

「あ、そう」脅しに屈しない竹村の首を、司が絞めあげた。「言う気になった？」

と、竹村が咳き込みながら言った。

「山荘……」

「んっ、なに？」

「山荘で、女神が……持ってる……」

それだけ聞き出すと、司は思いきりロープを引き絞り、竹村にとどめを刺したのだった。

司の告白を聞いた薫が、司に言った。

「ひでえことしやがる」

「でも一杯食わされた。女神像にはなんの仕掛けもなかった。台座にも裏にも。やられたよ、あのじじい……」

悔しがる司に、右京が言った。

「ただで殺されるような男ではなかった、ということですよ。竹村の部屋に行ってみたところ、ダイイングメッセージが残されていました。ベッドの脇の壁にボールペンで」

「寝たきりでボールペンなんか握れなかったはず……」

「ですが、あれは紛れもなく、竹村が命懸けで書いたものでした」

右京はわかっていた。首を絞められながら、竹村は必死で抵抗し、体にまたがる司の介護用ウエストポーチを下から押し上げたことを。そのためにノック式ボールペンの芯がポーチを突き破り、壁に奇妙な模様を描いたということを。さらに右京は、冷蔵庫に貼られた、ヘルパーの腰から上の写真入りの曜日ごとの担当表もチェックしていた。

「そして担当しているホームヘルパーの中で、介護用のポーチを体の左側、すなわちベッドの脇の壁側に来るように下げていたのは、あなただけだったんですよ」

「じゃあこの男は……」

　呆然と拓也を見つめる美和子に、薫が言った。

「ああ。だましてるつもりが逆にだまされてたんだよ。この山荘に乗り込むために都合よく使われたってわけ」

　薫が司を引っ立て、広間から出ていく。司が前を横切ったとき、志織はポケットの中からなにかを取り出そうとしたが、右京がスッとふたりの間に割って入った。

　司を連行する薫が広間から出たところへ、捜査一課の三人がやってきた。

「特命係の亀山！」伊丹がのけぞる。「お前、なんでだよ！」

「さすがは優秀な捜査一課の皆さま。こいつが竹村彰二殺しの犯人だ」

「結局、また特命に先越されちゃいましたね」

「まあいつものことですけどね」

　芹沢と麗音に言われ、伊丹が怒りを爆発させた。

「うるせえ！」

　芹沢によって警察車両に乗せられる司を見ていた拓也が舌打ちした。

「クソッ。俺としたことが……」

「女をナメないほうがいいですよ！」

麗音が別の車両に拓也を押し込んだ。

去っていく警察車両を見送りながら、小手鞠が美和子に話しかけた。

「美和子さん、ご主人、カッコよかったわね」

「う～ん、惚れ直しました」

「あら、まあ！」

ふたりの会話を背後で聞いていた伊丹が独り言ちた。

「なにがだよ……」

四

広間の女神像を見つめる志織の前に、右京と薫がやってきた。志織が右京の顔を見た。

「なぜ残ったの？」

「先ほどのお話がまだ途中でしたので」

「なんだったかしら？」

「あなたがここで、夫婦カウンセリングをはじめた理由です。竹村が話していた結婚を約束した相手というのは、あなたのことですね、大沢由紀乃(ゆきの)さん。四十年前のふたり組の強盗犯。あなた方は恋人同士でした。当時の記録によると、強盗犯のひとりが首に怪(け)我(が)を負ったことがわかっています。パンフレットのあなたの写真を見たときから気になっていました。見る限り、あなたはいつも首元を覆ってらっしゃる。隠しているのは、そのときの傷ではありませんか？」

「さあどうかしら……」

とぼけて出ていこうとする志織を、右京が呼び止める。

「まだお話は終わっていません。あなたは生き延びて、おそらく他人の戸籍を手に入れ、橘志織として生きる決心をしました。この山荘は、盗んだ財宝の一部を使って買ったのでしょうねえ。他人からすれば、強盗が逃げ込んだ忌まわしい場所でも、あなたにとってここは愛する人と最後に過ごした、かけがえのない場所でした」

すべて見通されていると悟り、志織が重い口をようやく開いた。

「みんなが幸せになるためにやったことのはずでした。でもそのせいで離ればなれになってしまった。一緒に逃げたら捕まると思い、私たちは別々に逃げました。十年経ったら、無事時効を迎えることができたら、この女神像の前で将来を誓い合おう。そう約束したんです」

右京が女神像に目を向けた。

「それで当時のまま、この女神像を守ってきたんですね」

「でも彼は来ませんでした。恨んではいません。だって十年も経てば、新しい人生を歩んでいて当然ですから。ただ……後悔はしているの」志織の目に涙が浮かぶ。「どうしてあのとき、別々の人生を選んでしまったのか……」

右京が志織の心を読む。

「だからここで夫婦カウンセリングをはじめた。二度と同じような後悔をする人が出ないように。ということでしょうかね？」

「まさか寝たきりになっていたなんて……」

「そのことをニュースで知ったんですね？」

薫の質問に、志織は「ええ」と小さくうなずいた。

「きっと犯人は財宝を求め、夫婦を装ってここへやって来る。そのときは仇を取ろうと待ってたんですか？」

薫の言葉を受け、右京が志織に手を差し出した。志織はポケットからナイフを取り出し、右京に渡した。

「あなたのせいで機会を失いました」

右京と薫が志織を連れて竹村の部屋を訪れたときには、朝日が昇っていた。志織は粗末な部屋を見渡してポツンと言った。

「ひどい生活ですね……」

薫も同調した。

「財宝を隠し持ってたのに、なんでこんなところに……」

　右京は別の意見を持っていた。

「お金では手に入らないものがあったのでしょうかねえ。竹村が事故に遭ったのは今から三十年前。つまり強盗から十年後、時効を迎える直前でした。亀山くん、君、ちょっとベッドに横になってもらえますか？」

「俺がですか？」

「ええ、君が」

「はい。わかりました」薫は戸惑いつつも素直に従った。「失礼しま～す」

　横になった薫に右京が訊く。

「どうです？　見えますか？」

　薫は少し頭を上げて、窓の外を見やった。

「ああ……見えます、見えます」

「ご覧になりますか？」

　怪訝そうな志織に右京が持ちかけ、薫が志織のためにベッドを空けた。ベッドの枕元から窓の外に視線を転じた志織に、右京が言った。

「山荘はあの山の方角です。寝たきりの生活でも、ずっとあなたのことを思っていたのでしょうねえ」

窓からは、町の景色のはるか遠くに山荘のある山々が見えていた。

翌日、特命係の小部屋では角田が、コーヒーを飲みながら呆れていた。

「じゃあなにか、ふたり、休みまで取って捜査してたっていうのか？　馬鹿だねえ……」

右京は晴れやかな顔をしていた。

「おかげで自然に囲まれ、いいリフレッシュになりました」

「で、十億の財宝は？　あったのか？」

「俺もそれ、気になってたんですよ」薫が右京に向き合った。「『女神が持ってる』って、あれ結局、どういう意味だったんですかね？」

「ああ、あれはおそらく、『女神が待ってる』と言ったのではないでしょうかねえ。生きていても仕方がないと言った竹村も、やはり最後の最後に思いがあふれたのでしょう」

「つまり、女神ってのは女神像じゃなくて橘志織を名乗っていた大沢由紀乃？」

確認する薫に、右京がうなずいた。

「竹村にとってはそうだったのでしょうね」

「じゃあ財宝は？」

角田はどうしてもそれが気になるようだった。

「聞いてませんか？　先ほど……」

　実はその日の朝、貴金属や宝石が詰まったトランクが匿名で警視庁に届けられたのだった。そこには「お返しします」と書かれた紙が添えられていた。

「十分過ぎるほどわかっているのでしょう。奪ったもの以上に大事なものをお互いに失ったのだと。悪事によって手に入る幸せなどありませんよ」

　右京はしみじみと語って、紅茶をすすった。

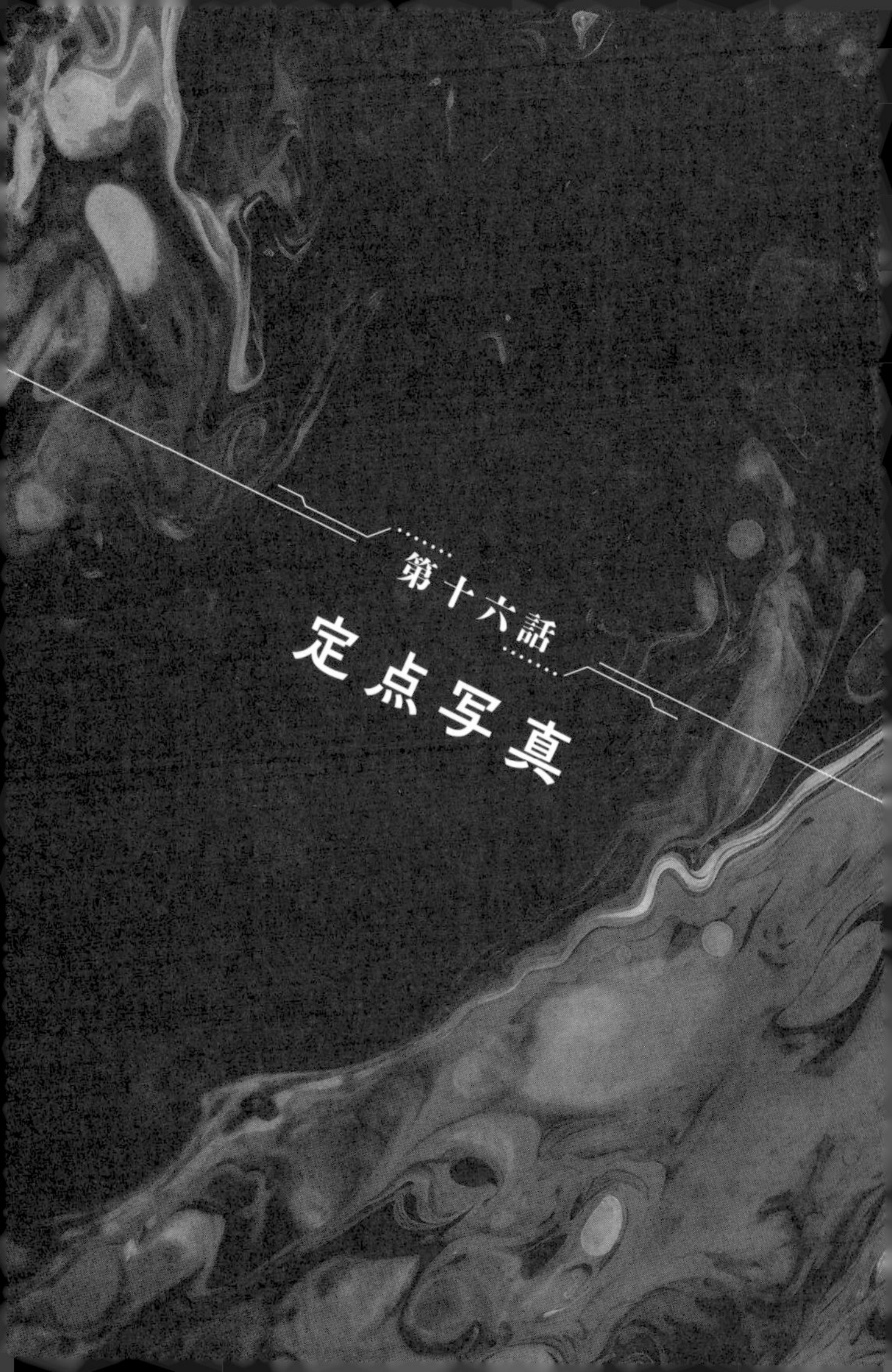

第十六話 定点写真

一

高校一年生の奥山幹太（おくやまかんた）はいつものように橋の上に立ち、両手でカメラを構えて川沿いの建物にレンズを向けていた。毎日この場所で定点撮影をしているのだ。

ファインダーをのぞいていると、フレームの中にふたりの知らない男たちのアップの顔が入ってきた。

「どうも」

がっしりした体格のフライトジャケットを着た男が愛想のよい笑みを浮かべた。と、スーツを着て眼鏡（めがね）をかけたもうひとりの男が丁寧に挨拶した。

「こんにちは」

幹太が撮影を諦めてその場を去ろうとすると、眼鏡の男がスマホで幹太のＳＮＳのページを見せた。この場所からの定点写真が並んでいる。

「これはあなたが撮った写真ではないですか」

「え……」

言葉に詰まる幹太に、眼鏡の男――警視庁特命係の杉下右京が言った。

「やはりそうでしたか。ここに来れば会えると思ってました」

「……なんなんですか」

警戒する幹太に、もうひとりの男――同じく特命係の亀山薫が警察手帳を掲げた。

「警察なんだけど、少しお話聞かせてもらえるかな」


その二日前、幹太の定点撮影の被写体である川沿いの建物で男の遺体が見つかった。建物にはイベント会社が入っており、男はその事務所で死んでいた。

連絡を受けた警視庁捜査一課の刑事たちと鑑識課の捜査員たちが現場検証をおこなった。

捜査一課の伊丹憲一が到着すると、後輩の芹沢慶二が報告した。

「被害者は浅野(あさの)慎一(しんいち)さん、五十歳。このイベント会社を経営している人物のようです」

鑑識課の益子桑栄が遺体に目を落とす。

「死因は後頭部を強打したことによる脳挫傷。おそらく死後三日は経ってるぞ」

「三日間、社員を含めて誰も出入りしてなかったってことか?」

伊丹の質問に、芹沢が答える。

「会社は浅野さんの個人経営で、社員はいなかったようですね」

「第一発見者は?」

この質問に答えたのは、出雲麗音だった。

「宅配便の配達員です。ドアが開いていたので入ってみたところ、被害者が倒れているのを見つけたと」

「それにしてもずいぶんしゃれたところに事務所構えてんな」

伊丹が室内を見回していると、聞き覚えのある声が聞こえた。

「アート関連のイベントを幅広く手がけていたようですねえ」

興味をひかれる事件があると嗅ぎつけてやってくる右京だった。隣には相棒の薫の姿もあった。

「はい、ごめんなさいよ」

薫が捜査一課の三人をかき分け、遺体の横でしゃがむ。そして右京とふたり、遺体に手を合わせた。薫と同期で宿命のライバルである伊丹が、ふたりを遺体から引き離した。

「もう気が済んだでしょ？　はい、離れて離れて。だいたいお前、なんでいつも来るんだよ！」

声を荒らげる伊丹に、薫が笑いながら言った。

「そこに事件があるから、でしょうか」

「そこに山があるからみたいな言い方してんじゃねえよ！　この馬鹿！」

「事件のこと、ヤマって言うもんね」

薫に一本取られ、伊丹が歯噛み（はがみ）をした。右京はふたりのやりとりを無視して、建物の窓から外を見た。すると橋の上からこちらにカメラのレンズを向ける制服姿の少年――幹太――の姿があった。


その翌日、組織犯罪対策部薬物銃器対策課長の角田六郎が、取っ手の部分にパンダが乗ったマイマグカップを持って、特命係の小部屋に入ってきた。

「おい暇か？　なんだよ。また余計なことに首突っ込んでるのか？」

薫が捜査資料に目を通しながら答える。

「いやあ、昨日遺体で発見された浅野って男ね、どうやらイベントを企画してはうまい話を持ちかけて、金だけ引っ張ってとんずらってていうのを繰り返してたみたいで……」

「あらあら」

「何度か被害届も出されてるんですけどね、不起訴になってるんですよ」

「ということは、この殺しは浅野って奴にだまされて恨みを持ってる人間の犯行ってところか？」

「まあ、伊丹たちもその線で進めてるみたいですけどね」

パソコンを眺めていた右京が声を上げた。

「どういうことでしょうねえ……」

「なにがですか？」

薫が右京のパソコンをのぞき込む。

「ＳＮＳに投稿されてるものなんですがね」

右京が示したページには、イベント会社の入っている川沿いの建物の写真が掲載されていた。

「これ、浅野が殺されてた事務所のあるところですよね」

「ええ」

「なに？　野次馬が撮った写真か？」

角田が訊くと、右京は「そういうことではなさそうです」と言いつつ、画面をスクロールした。すると同じ構図で同じ建物を撮った写真が日替わりでズラッと現れた。

「なんですか、これ？」

「定点写真です。毎日この建物を撮っているようですねえ」

「毎日？　なんで？」

角田が端的に質問したが、右京の関心は別のところにあった。

「そこも気になりますが、興味深いことがひとつ。ここ何年も毎日欠かさず更新していたものが、最近更新が止まってるんですよ。気になりますねえ」

薫が首をかしげながら応じた。

「右京さんがそう言うなら、気にしましょうかね」

そんな経緯があって、その翌日、右京と薫は例の橋の上で幹太を待ち伏せしたのだった。

幹太が定点写真を撮るようになったきっかけを語った。

「小学生のときにカメラを買ってもらってから、なんとなく通学路にあるものを撮ってたんですけど、いつの間にかあの建物を撮影するのが毎日の習慣のようになってて……」

「なんであの建物を？」薫が訊く。

「えっ？」

「いや、他にもほら、いろいろあるのにさ、なんであの建物なのかなと思って」

「毎日の時間の繰り返しの中で、昨日と同じように見えるものが実は変化してることに気づいたから……」

「なるほど」右京が納得した。「それを毎日撮影して並べて見ることで、自分が繰り返しのループの中にいるわけではないと感じられる、ということでしょうかね？」

「まあ、そんな感じです」

「ああ、なるほどね」薫も一応納得しようとした。「全然わからないけど」

「それで何年も、一日も欠かさず撮影を続けている」

右京の言葉に、幹太は「はい」とうなずく。

「しかし、このところSNSの更新は止まっていますね」

「事件があったので、不謹慎かと思って……」

「なるほど。ですが、事件がニュースになったのは二日前。SNSの更新が止まったのは五日前でしたねえ」

「実はね、事件が起きたのも五日前なんだよね」

薫が鎌をかけると、幹太の顔がくもった。

「更新するのが面倒で、サボってたときに事件のことを知って、ちょうどいいかなって思っただけです」

「そういうことでしたか」

「その五日前の写真さ、見せてもらっていい？」

薫が頼んだが、幹太は渋って応じなかった。

「今はちょっと、データを別にしてるので……。すみません。もういいですか？」

「もう結構ですよ。どうもありがとう」

右京が礼を述べると、幹太は逃げるように去っていった。

薫がその背中を見送りながら、言った。

「なんだかですねえ」

「ええ。なにかありそうですねえ」

そのとき背後から、ひとりの女子高生が声をかけてきた。

「あの……」

右京が振り返った。

「はい、なんでしょう？」

「幹太となに話してたんですか？　あなたたち誰ですか？」

咎めるような口調の女子高生に、薫が訊き返す。

「えっと……君こそ誰？」

女子高生は深澤杏子と名乗った。右京と薫は近くの公園に場を移して、杏子から話を聞いた。

「では、あなたが幹太くんにＳＮＳをはじめることを勧めたんですね？」

右京が話をまとめると、杏子がうなずいた。

「はい。幹太は昔から引っ込み思案っていうか、欲しいものとか、やりたいことがあっても主張しないから、もっと自分から発信したほうがいいよって」

「幹太くんとは幼なじみなの？」薫が訊く。

「うん。ずっと写真を撮ってることも知ってたし、誰かに見せるためじゃないって言ってたけど、それが本心じゃないってことが私にはわかるし」

「その定点写真なんですがね、五日前から更新が止まってるようなんですよ」

右京の言葉を受けて、薫が尋ねた。

「なにかあったのかな？」

杏子が顔をくもらせた。杏子には気になることがあった。その日、例の建物の入口付近に座り込んでカメラの画像データを見ている幹太に「どうしたの？」と訊くと、幹太は「なんでもない」と杏子を振り切るように去っていったのだ。

「うん？　なんか知ってることあるのかな？」

重ねて尋ねる薫に、杏子はごまかして答えた。

「いえ、ごめんなさい。わからないです」

「そうですか」

右京が杏子の答えを受け止めた。

二

特命係の小部屋に戻ってきた薫が、右京に訊いた。

「幹太って奴、なにを隠してるんですかね？　それとあの杏子ちゃんって子も」

「事件があった日、あの場所でなにかを見た。あるいは写真に撮った」

「でもそれを隠そうとしてるってことは……」

「誰かをかばっているのかもしれませんねぇ」

右京が答えたとき、角田が部屋に入ってきた。

「おい！　先越されたな」

「えっ、なんすか？」

「一課の連中が被疑者の取り調べをしてる。浅野の詐欺にあった中古カメラ販売チェーンの社長だとさ」

　その被疑者は山下辰二という名前だった。取調室に呼ばれた山下は、芹沢から事情聴取を受けていた。

「以前、浅野さんからイベントへの参加を持ちかけられて、多額の出資金を渡したことがあったそうですね」

　山下はテーブルに目を落として答えた。

「中古カメラの一大販売フェアをやるっていう触れ込みだったんですよ」

　山下によると、浅野はひと口五百万円の出資金で、二千万円以上の利益が見込めるイベントだと持ちかけてきたという。山下の会社の経営状況が厳しいことをほのめかし、起死回生のいい機会になるはずだ、と参加を促した。さらに、売り上げ目標が達成できなかった場合、返金保証がある特別枠が最後のひと枠だけ残っていると勧められ、山下は参加を決めたのだった。

「結局、イベント自体がなくなり、出資金の返還で浅野と揉めていたそうですね」

「周囲には『浅野を殺してやる』ってぼやいてたそうじゃないですか」

伊丹と芹沢に攻め込まれ、山下は顔を上げて主張した。

「そんな奴、俺以外にもたくさんいるだろ！　俺は殺してないし、あの事務所にだって二、三カ月前に一度行ったきりだ」

その取り調べのようすを、隣の部屋からマジックミラー越しに薫が眺めていた。


特命係の小部屋に戻ってきた薫から報告を聞いて、右京が状況を理解した。

「なるほど。弱みにつけ込まれたということですね」

「ええ。ただ、なんで経営状況まで知られていたのかはわからないみたいですけどね」

「浅野にその情報を伝えた人物がいた、ということでしょうねえ」

「浅野と組んでる悪い奴がいるってことですかね」

右京がパソコンの画面を示す。

「亀山くん、これを見てください。幹太くんのSNSなんですがね……」

投稿にたくさんの「いいね」がついているのに気づいた薫が感心した。

「はあ、人気あるんですね。なにがいいのか、全然わからないけど……」

「この日から急に人気が出たようですねえ。前日は、『いいね』の数が三だったのが、この日は千五百。急激に増えてますねえ」

「へえ、なんかあったんですかね?」

「大塚あゆみさんというカメラマンがご自身のSNSで紹介したことがきっかけになったようです」

「大塚あゆみ……」

「ええ」右京があゆみのSNSを表示した。

「最近、人気のカメラマンのようですよ」

プロフィール写真には、カメラマンベストを着てワークブーツを履いた活動的な印象の若い美人が写っていた。


「スモーク焚いて、全体的にね。あおいで」

翌日、撮影スタジオでテキパキと指示を出す大塚あゆみのもとへ、若い男が右京と薫を案内してきた。

「あゆみさん、今、ちょっといいかな?」

「あっ、はい」

「刑事さんが聞きたいことがあるって」

「お忙しいところ恐縮です。警視庁の杉下です」

「同じく亀山です。ちょっとお話よろしいですか？」

「ごめんなさい。撮影がはじまってしまうので、休憩時間でもいいですか？」

「もちろん構いませんよ」

あゆみが慌ただしく撮影に戻ると、男が右京たちのほうへ近づいてきて腰を折った。

「すみません。なにせスケジュールがタイトなもので……」

「いいえ」薫が手を振る。「急にこっちが来たんですから」

「申し遅れました。私、大塚あゆみのマネージャーをしております柴山と申します」

差し出された名刺には、「株式会社アートクリエーターズオフィス　マネージャー　柴山忠」とあった。

「うちは主にアーティストのマネジメントをやっておりまして……」

そこへ六十歳前後かと思われる男が大きな封筒を携えてやってきた。柴山が男に声をかける。

「あっ、澤田先生！　ご無沙汰しております」

「ちょうど隣のスタジオで撮影してててね、ようすを見にきたよ」

「今、あゆみさんを呼んできます」

「いやいや。忙しそうだからいいよ」

柴山が澤田を右京たちに紹介した。

「あゆみさんの師匠の澤田洸平さんです」

右京と薫が頭を下げると、澤田が言った。

「いやいや、そんな大したもんじゃないですよ。じゃあ、これ、あゆみの撮った写真。あとで彼女に渡しておいてください」

澤田は柴山に封筒を渡すと、足早に去っていった。

「ちょっと失礼します」

柴山が封筒から写真を取り出し、机の上に置いた。右京がのぞき込む。

「大塚あゆみさんが撮った写真ですか?」

「はい。一応チェックというか、澤田先生に見てもらう形をとっていまして……」

「なるほど。ちょっとよろしいですか?」

「どうぞどうぞ」

右京が写真を手に取った。それは女性のモデルを撮影した写真だった。シャッターボタンを押している間ずっと露光されるバルブ撮影という手法を使っていたため、赤や黄のカラフルな光の軌跡がモデルの顔の周りに降り注ぐように流れていた。右京が写真を裏返し、そこに手書きされた文字を読んだ。

「『慈悲の雨、彼女の髪を濡らせ』。タイトルですね?」

「はい」柴山がうなずいた。

その間も、あゆみは撮影を続けていた。モデルや助手にさまざまな指示を出しているあゆみを見て、薫が感想を述べた。

「プロの世界って感じですね」

「そうですねえ」右京も同意した。


ようやく休憩時間となり、右京と薫は柴山の立ち会いのもと、別室であゆみから話を聞いた。

「大塚さん、奥山幹太くんをご存じですよね？」

薫が幹太のＳＮＳの写真を見せると、あゆみがうなずいた。

「ああ、はい」

「幹太くんの定点写真の投稿をあなたが取り上げたことで人気が出たようですねえ」

右京の言葉を受けて、あゆみが言った。

「はじめて彼の写真を見たときに、感動してしまって、むやみに熱い感想を送りつけてしまったくらいです」

「それは彼もびっくりしたことでしょうねえ」

「それ以来、メッセージでやり取りするようになって、スタジオにも何度か遊びに来たことがあります」

「幹太くんにとってはいい勉強になったでしょうね」

薫の推測は外れていた。

「いえ。勉強させてもらったのはこっちのほうで……」


あゆみは幹太に撮影現場を見学してもらった。いつものようにモデルや助手に厳しい声をかけながら撮影を終えると、幹太が質問した。

「撮影しているとき、どんなことを考えているんですか？」

「うーん、最高の瞬間を作ろうって必死になってるかな」

あゆみが答えると、幹太から意外な言葉が返ってきた。

「たしかに……必死というか、苦しそうな感じでした」

「えっ？」

「あっ、いや。僕の場合は本当、なんも考えてないっていうか……ただひたすらにシャッターが指に押されるのを待つ感じです」

照れながら語る幹太に、あゆみは言った。

「それでいいんだよ。だから、幹太くんの写真は素敵なんだよ」

あゆみはそのエピソードを語った後、右京と薫に打ち明けた。

「私も昔は幹太くんみたいに、そこにある最高の瞬間を切り取ろうとしてたんです。でもいつの間にか、その最高の瞬間をこっちの都合で作り出そうとしてたんだなって……」

「そうでしたか」右京が理解を示す。

「誰かに認められたいとか、そういう思いが大きくなりすぎて、写真との向き合い方がいつの間にかずれていたんですね」

「で、その幹太くんですが、ＳＮＳの更新をやめているのはご存じですか？」

「えっ、そうなんですか？　なんでですか？」

「いや、実はこっちもその理由が知りたくて」

苦笑いする薫に、あゆみが謝った。

「ああ……ごめんなさい。でも私にも……」

右京が浅野慎一の写真をあゆみに見せた。

「ところで、この方をご存じではないですか？」

「イベントプランナーの浅野さんですよね」

「ええ。実は幹太くんが定点撮影している建物の中で、浅野さんが殺害されるという事件がありましてね」

「ええ」あゆみが小さくうなずく。「聞いてます」

「以前、浅野さんとお仕事なさったことは？」

薫の質問に、あゆみがかぶりを振る。

「いえ。でも何度か会ったことはあります」

「最後にお会いになったのは？」

「たしか……美写紋賞の受賞パーティーのときじゃなかったかな」

「美写紋賞？」

戸惑う薫に、柴山がパンフレットを渡して説明する。

「国内でも有数の権威ある写真賞ですよ」

「えっと……大塚さんがこの賞をお取りになって……」

「いえ、まさか……そのパーティー会場に浅野さんもいて、そこでお見かけしました」

そこで右京が質問した。

「ちなみに今月の二十日はなにをしてらっしゃいましたか？」

「たしかその日は……」

あゆみが手帳を開こうとすると、柴山が先にスケジュール帳を開いて、ふたりに見せた。

「その日はたしか、うちの事務所で取材を」

あゆみも手帳を確認した。

「ああ、そうでした。写真雑誌の取材を受けてました」

　と、柴山が申し訳なさそうに腰を折った。

「すみません、撮影再開の時間なので、そろそろいいですか？」

「お忙しいところ、ありがとうございました」立ち去ろうとした右京は振り返って、左手の人差し指を立てた。「最後にひとつだけ。撮影のときにはいつもワークブーツを？」

「ええ。風景写真を撮っていた頃の名残なんですけど……」

「なるほど。いや、ありがとうございました」

　あゆみと柴山が撮影スタジオに戻ると、薫が咳払いした。

「なんですか？　ワークブーツって」

「現場にはいくつかの足跡が残されていました。ここへ来る前に鑑識で確認してきたのですがね、その中にはワークブーツの足跡も」

「あっ、でも浅野に会ったことがあるんですから、事務所に行ってたとしても不思議はないですよ」

「まあ、それはそうなんですがね」ふと窓の外に視線を転じた右京は、幹太がじっとスタジオの中をうかがっているのに気づいた。「おや……」

「あっ」

　薫が右京の視線を追って幹太を認めたとき、その幹太は慌てて逃げて行った。

「いてもたってもいられず、ようすを見にきた、といったところでしょうかねえ」

薫が確認する。

「大塚さんのようすを、ですかね?」

「ええ」


その夜、家庭料理〈こてまり〉には、右京と薫だけでなく、薫の妻でフリージャーナリストの美和子の姿もあった。美和子が美写紋賞のパンフレットに目を落とす。

「美写紋賞ねえ。たしかに権威ある賞だけど、逆に言えば、権威主義の象徴みたいなところがあるんだよなあ」

「ふーん、そうなんだ」薫がうなずく。

「うん。作品の良し悪しよりも、選考委員とのコネがものを言うとか、裏でお金のやり取りがあるらしいとか、そういうきな臭い噂もあるしね」

右京も興味を覚えたようだった。

「ほう、お金のやり取りですか」

「噂です。あくまで噂です」

まっすぐな性格の薫が舌打ちする。

「権威にすり寄って取り入ろうなんて、俺には理解できねえな。ねえ、右京さん」

「ええ、まったく」右京が猪口(ちょこ)を口に運ぶ。

「うん、いいよ。薫ちゃんはそれでいいよ」

「わかってるなあ。さすがは美和子」

「いいよ。そのおかげで安月給でもいいよ」

女将(おかみ)の小手鞠こと小出茉梨がカウンターの中で微笑(ほほえ)んだ。

「杉下さんがもし写真家だったら、撮りたい写真だけを撮る写真家になりそうじゃないですか?」

「そうっすよね!」薫が同意する。「絶対に賞なんかには目もくれない写真家になりますよね」

「そう考えると、自分の作品を高めることだけを考えてる写真家には、賞なんて意味がないのかもしれないですね」

小手鞠の言葉に、右京は深くうなずいた。

「そうかもしれませんねえ」

三

翌日、右京と薫は美写紋賞の事務局を訪ね、事務員の吉川(よしかわ)に話を聞いた。

「こちらの美写紋賞、ずいぶん権威のある賞だって聞いたんですが」

薫が口火を切ると、吉川はにんまりした。

「ええ。もう五十年の歴史がありまして。写真に真摯(しんし)に取り組んでいる中堅やベテランの写真家の功績に対して贈られる賞です。受賞すれば、特別展も開催されますし、国内外に名前を知られることになります」

「なるほど。だからこそ賞の選考に関して、裏で金銭のやり取りがあるんじゃないか、なんていう臆測が出たりもする」

薫が水を向けると、吉川は苦笑した。

「それはもう嫉妬というか、やっかみですよ。それぐらい誰もが欲しがるし、欲しくても取れない賞だってことですよ」

「なるほど」

薫が大きくうなずくと、右京が口を開いた。

「先日おこなわれた受賞パーティーに、イベントプランナーの浅野さんという方も出席されていたと思うのですが」

「浅野さんが殺された事件ですね？」

「ええ。おっしゃるとおり」

「こっちもいい迷惑ですよ」

表情を硬くした吉川に、右京が訊く。

「とおっしゃいますと？」

「賞の発表のあとに候補者のひとりと言い合いになって……」

「えっ、候補者って？」

興味を示す薫に、吉川は「大塚あゆみさんというカメラマンです」と告げ、その出来事を語った。

パーティー会場で受賞者と浅野が談笑しているところへ、あゆみがつかつかと歩み寄り、「話が違うじゃないですか！　どういうことですか？」と詰め寄ったのだという。

「ちょっと落ち着いて、大塚さん！　場をわきまえましょうよ」

浅野はあゆみをなだめようとしたが、あゆみは引かなかった。

「約束と違いますよね。ここは詐欺師がいていい場所じゃないですよね⁉」

「文句があるなら私ではなく、審査員に言ってくださいよ」

浅野は去ろうとしたが、あゆみはそれを引き留めようとしたという。

右京が聞いた話をまとめる。

「つまり大塚あゆみさんは、自分が美写紋賞を取れなかったことについて浅野さんと言い合いをしていた」

「そんな感じでしたね」吉川が認めた。

「今回の候補者リストを拝見できますか？」

「ああ、はい」吉川がリストを右京に渡す。「きっと賞を利用して大塚さんに近づいて、審査員に口を利いてやるとでも約束してたんでしょう。そんなこと、無理に決まってるのに」

「大塚さんは訴えなかった？」

薫の質問に、吉川が答える。

「そんなことが明るみに出れば、訴えたほうもダメージが大きいですからねえ。表沙汰にする人はいないでしょう」

リストをチェックしていた右京が声を上げた。

「澤田さんの名前もありますねえ」

「澤田さんって、あの大塚さんの師匠の？」

「ええ」

右京と薫の会話を聞いて、吉川が口をはさんだ。

「ああ、澤田さんね。今まで何度もノミネートはされてるんですけど、あと一歩届かずって感じなんですよねえ」

「パーティーには澤田さんも出席なさっていたのですか？」

右京が訊くと、吉川は大きくうなずいた。

「ええ、もちろん。候補者のひとりでしたから」

事務所を出たところで、薫が事件の構図を推理した。

「大塚あゆみは浅野に、美写紋賞を取りたいなら金を用意しろと言われた。金を渡したが、結果取れなかった。で、怒りが収まらず殺害！」

右京は否定的だった。

「本当に美写紋賞が欲しかったのでしょうかねえ」

「えっ？」

「いえ、大塚あゆみさんですがね、幹太くんと出会ったことで、写真との向き合い方を見つめ直したと言っていたのが、ちょっと気になりましてね」

「いや、でもパーティー会場で浅野を問い詰めてますからね。欲しかったと考えるのが普通じゃないですか。まあ、問題はアリバイですけどもね。事件のあった日、大塚さんは取材を受けていたと、マネージャーも証言していますからねえ。でも、それだって怪しいもんですよ」

「では君はそちらを。僕は澤田さんをあたります。なにかご存じのことがあるかもしれません」

「了解！」

薫は猟犬のごとく一目散に駆けだした。

その頃、橋の上で定点撮影をしている幹太の背中に向かって、杏子は質問していた。

「ねえ、あの日、本当はなにがあったの?」

幹太は答えず、川沿いの建物にカメラを向けてシャッターを押した。

「最近の幹太、なに考えてるか、よくわかんないよ」

幹太がカメラを下ろして振り返った。

「自分でもよくわかんないんだよ」

「大塚さんのこと好きなの? だからだよ、きっと」

「もし本当に好きだとしたら、あゆみさんのためにならないことをしてるんだと思う」

「えっ?」

「これを恋愛っていうなら、どれだけ汚いものかって思うよ」

そこへ当のあゆみが現れた。

「幹太くん。ちょっといいかな」

顔を伏せながらあゆみについていく幹太を、杏子は悲しげな顔で見送った。

川辺の人気(ひとけ)のない場所まで移動して、あゆみは幹太に語りかけた。

「更新をやめた日の写真、見せてくれない?」

しかし、幹太はうつむいたままだった。

「どうして見せてくれないの？」

「写っちゃいけないものが写ってたから……」

「えっ、なに、それ？　怖いもの？」

「わからない……」

幹太はしばしためらったあと、カメラを起動し、その写真をモニターに表示した。そこには殺害現場の事務所から出てくるあゆみの姿がはっきりととらえられていた。

「これ、警察には見せたの？」

幹太は無言でかぶりを振った。

「そう……」

「あゆみさんが……殺したの？」

答えを口にする前にあゆみのスマホが振動した。あゆみは頰を強張(こわば)らせ、電話に出た。

「もしもし……わかってます。払います。ええ……わかりました」

暗い顔で電話を切ったあゆみを、幹太が心配そうに見た。

「あゆみさん？」

「大丈夫」あゆみが作り笑いを浮かべた。「大丈夫じゃないけど」

あゆみがスマホを取り出した瞬間、画面に表示された名前を幹太は見ていた。

右京が撮影スタジオを訪れたとき、澤田は真剣な表情でファッション写真を撮影していた。

撮影を終えた澤田が、右京に向き合った。

「パーティーのときのことね、覚えてますよ。ああ見えて、あゆみは野心が強いからなあ」

「野心ですか」右京が先を促す。

「最初に出した写真集が評判になりましてね。人気は出ましたけど、実際には写真以外の部分でもてはやされてるところもあるから、なおさら美写紋賞が欲しかったんじゃないかなあ……」

「ですが、写真家としての地位はもう確立されているのではありませんか?」

「いや、さらに売れるためでしょう」澤田は自嘲するように言った。「なんだかんだ言っても、売れてるものが正義ですから」

「正義ですか……。あっ、ところで大塚あゆみさんが澤田さんのお弟子さんになったきっかけはなんだったのでしょう?」

「ある日突然ですよ。スタジオの前に僕の写真集を持って立ってて、弟子にしてくださいって」

右京が持参してきた写真集を取り出した。

「写真集というのはこれでしょうか？　『ゆらめく』――光や風など数々のゆらめきが被写体とともにある素晴らしい写真集だと思いました」

「ありがとう。彼女もそれに感動したみたいでね」

「ええ。彼女の写真にも色濃くその影響が出ているようですねえ」

「まあ今じゃあっちが本家っていうか、私はもう時代遅れのカメラマンですよ」

「いえいえ。澤田さんも今お撮りになってらっしゃった」

「まあこんなものは、雑誌社から頼まれたアルバイトみたいなものですから」

澤田は投げやりに言って、寂しげに笑った。


一方、薫はあゆみのアリバイを確認するために、写真雑誌の編集部を訪ねていた。

「たしかにあの日は、大塚さんの取材のために先方の事務所の会議室で待っていたんです。でも時間になっても大塚さんがいらっしゃらなくて」

女性編集者の説明を受け、薫が質問した。

「なにかあったんですか？」

「それはわかりませんけど、事務所の方が何度も大塚さんに電話をかけたりして……。でも、結局大塚さんは現れず、取材はバラシになったんです」

編集者の言葉に、薫は手応えを感じた。

「つまり、大塚さんはその日、取材を受けていない？」

「はい」

「その電話してた人っていうのはもしかして……」

「マネージャーの柴山さんです」

〈アートクリエーターズオフィス〉の入るビルから出てきた柴山忠は、玄関前に奥山幹太が立っているのに気づいた。

「あっ、君、たしか……」

幹太は答えず、カメラのモニターに写真を表示して、柴山に差し出した。殺害現場である川沿いの建物をバックに、柴山と浅野が写っていた。

「えっ？」

「これ、警察に見せてもいいんですけど」

思いつめたような顔で迫る幹太に、柴山は無理に笑顔を作って言った。

「ちょっと場所を変えようか」

柴山からもらった名刺を頼りに、薫が〈アートクリエーターズオフィス〉の入るビルを訪ね当てたとき、玄関前に深澤杏子の姿を見つけた。

「あれ？　杏子ちゃんだっけ？　こんなとこでなにやってるの？」

杏子は不安げな表情をしていた。

「刑事さん、幹太が……」


撮影スタジオから特命係の小部屋に戻った右京は、デスクで大塚あゆみの写真集を二冊並べて眺めていた。『風が舞う稜線を歩み』と題されたデビュー作のほうは風景写真ばかりが収められていたが、『燈』という最新写真集は、先日スタジオで見た「慈悲の雨、彼女の髪を濡らせ」と同様、バルブ撮影によって光のゆらめきが表現されていた。巻末クレジットを見ると、監修として澤田洸平の名が載っていた。

そこへ伊丹を先頭に、捜査一課の三人が入ってきた。

「おひとりですか？」

「おや」右京が顔を上げた。「亀山くんはまだ外ですが、なにか？」

「鈍亀のことなんかどうでもいいんです。警部殿が事件現場にあったワークブーツの足跡を気にされていたと小耳に挟みましてね」

伊丹の前振りを受け、芹沢が用件を述べた。

「できればその捜査の概要を教えていただきたいんですが」

「つまり、あなた方は捜査に行き詰まっている」

「いや別にそういうわけじゃないですよ。なあ？」

芹沢は強がったが、振られた麗音は素直に認めた。

「行き詰まってます！」

そのとき、右京のスマホが振動した。薫からの着信だった。

「杉下です」

――幹太くんが柴山のところに行ってくるって言ったまま、連絡取れなくなって、電話にも出ないらしいんですよ。

「柴山さんのほうは？」

――携帯の電源切ってます。右京さん、柴山の、大塚さんが取材を受けてたっていうアリバイ、あれ嘘だったんですよ！

「わかりました」右京は電話を切ると、緊迫した表情で伊丹に向き合った。「伊丹さん、至急、携帯電話の位置情報を調べてください」

「えっ？　誰の携帯ですか？」

「幹太くんです！」

「はっ？　幹太くん？」

捜査一課の三人はまだ幹太のことを知らなかった。

四

柴山は幹太をとある廃ビルに連れ込んでいた。

「で、なんだっけ？」

幹太が勇気を振り絞って言う。

「あゆみさんを脅してるよね？」

「……は？」

「あゆみさんに電話して、お金を要求しただろ！」

「いったいなんのこと？」

「とぼけるなよ！　さっき、あゆみさんの隣にいたんだ。スマホにお前の名前が出てた。あゆみさんが人を殺したってお前も疑ってるんだ。だから、バラされたくなかったら金をよこせって脅してるんだろ！」

柴山が善人の仮面を脱ぎ捨て、目に残忍な炎を宿した。

「どうしてそう思うんだよ？　お前もわかってるからだろ。あいつが浅野を殺した犯人なんだって」

幹太は怯(おび)えながらも、懸命に大声を出した。

「二度とあゆみさんに近づくな！　そうすればさっきの写真は消す。殺された奴は詐欺師なんだろ⁉　お前もその仲間で、だからあの事務所によく行ってたんだろ⁉」

　幹太がカメラのモニターに、柴山と浅野が密談するようすをとらえた写真を表示して、柴山に突きつけた。

「そっか、じゃあ仕方ないな」柴山が幹太のカメラを奪い取ろうとする。「おい、よこせ！」

「放せ！」

　幹太は抵抗し、柴山の腕に嚙みついた。

「痛っ……クソガキが！」柴山が幹太を押し倒し、馬乗りになって首に手をかけた。「だからガキは嫌だよなあ。これじゃあ、人殺しになっちまうじゃねえかよ！」

　柴山が手に力を込めたとき、薫が飛び込んできて、柴山を突き飛ばした。

「そこまでだ、この野郎！」

　薫の後に続いた伊丹と芹沢が柴山を取り押さえ、麗音は幹太に駆け寄った。

　最後に右京が入ってきた。右京は床に落ちていた幹太のカメラを拾い上げ、写真データを確認した。

「なるほど。そうでしたか。あなたが浅野と組んで、詐欺行為をおこなっていたんですね。アーティストのマネジメントという職業柄、ときには経営状況など公(おおやけ)にできない情報を耳にすることもあったのでしょう」

薫が話を継いだ。

「そうやって手に入れた情報を共有した浅野が、相手の弱みにつけ込んで詐欺をやってたんだな！」

「大塚あゆみさんを浅野に紹介したのもあなたですね」

「彼女が美写紋賞を取りたがってるって知ってな！　だが、だまされたとわかった彼女はあの取材の日、納得できずに浅野の事務所に行った」

「その後、浅野が殺されたことを知ったあなたは、大塚あゆみさんの犯行だと確信した。そしてそれをネタに彼女から金をゆすり取ろうとした」

「全部詳しく話してもらうからな！」

右京と薫から交互に責め立てられ、柴山がうなだれたところで、伊丹が言った。

「警部殿、ご苦労さまでした。大塚あゆみというカメラマンのことは、こちらに任せてもらいます」

「お願いします」と右京。「幹太くんはこちらで」

捜査一課の三人が柴山を引っ立てていくと、右京は幹太に向き合った。

「幹太くん、もう少し我々に付き合ってください」

捜査一課の三人はその後、大塚あゆみが撮影をしていたスタジオに出向き、あゆみに同行を求めた。あゆみは撮影を中断し、素直に従った。

右京と薫は警視庁の会議室で幹太から話を聞いた。例の建物から出てくるあゆみの写真を見せながら、幹太は言った。

「その写真を撮ったあと、あゆみさんが出てくるのを待ってたんです。でも、あゆみさんは走って行ってしまったので、建物に入ってみました。そしたら、事務所の中で浅野が倒れていて……」

「大塚あゆみさんにはこの写真を見せたのですか？」

右京の質問に、幹太は「はい」とうなずいた。

幹太がそのときの状況を語った。

「その写真が世に出たら、私は終わるわ」

寂しげな顔で語るあゆみに、幹太は問いかけた。

「あゆみさんが殺したの？　殺してないよね？　殺してないなら、そんなことにはならないでしょ？」

「ううん。殺してなくてもそうなるの」

「どうして？」

意味がわからず幹太が迫ると、あゆみはこう答えた。

「私は、私だけで成り立っているわけではないから」

話を聞いた右京があゆみの言葉を繰り返す。

「私は、私だけで成り立っているわけではない……」

警視庁の取調室に連れてこられたあゆみは、捜査一課の三人を前に自供していた。

「浅野に、絶対に美写紋賞が取れるからと言われ、お金を渡しました。でも、だまされたことがわかって突き飛ばしたら、壁に頭をぶつけて、そのまま動かなくなってしまって……」

そこへ、右京と薫が入ってきた。伊丹がむくれるのも気にせず押しのけて、右京はあゆみの前に座って、幹太が撮った写真を机に置いた。

「これは事件当日、幹太くんが撮ったあなたの写真です」

「警部殿、今、彼女が全部自供しましたから！」

伊丹が文句をつけたが、右京は受け流した。

「そうですか。しかしあなたは浅野を殺害していないのではありませんか？」

「いや、どういうこと……」

話に割り込もうとする伊丹を手で制し、右京はあゆみに向き合った。

「あなたが美写紋賞を取りたがっていたというのが、どうにも気になりましてね。賞が必要だったのはあなたではなく、本当は澤田さんだった」

薫があゆみの心を読んだ。

「澤田さんはもう一度写真家として浮上するきっかけを欲しがっていた。それを知っていたあなたは、澤田さんのために賞を取る方法を柴山に相談したんですよね？」

「そんなことあるわけないでしょ！」

「私は、私だけで成り立っているわけではない」右京があゆみの言葉を引用した。「あなた、幹太くんにそう言っていたそうですね。あなたの作品のタイトルを考えたのは澤田さんですね？　おそらくタイトルだけではなく、テーマやアイデアも。表現の場に恵まれない澤田さんと、世間から期待されているあなたの利害関係が一致して、協力関係ができあがっていたんですね？」

目が泳ぎはじめたあゆみを、薫が説得した。

「大塚さん、幹太くんはあなたを信じてます。あなたの生き方が幹太くんのこれからに繋（つな）がるんです。お願いします。本当のことを話してください」

あゆみがポツリポツリと語りはじめた。「澤田さんは今でも、なにを撮りたいのか、そこからなにを伝えたいのかが明確で情熱にあふれている人です。今の私は澤田さんに頼るしかなかったんです。でももう限界を感じていました。それで……」

　すべて手放して、一からやり直したいと澤田に申し出たところ、澤田は「いいんじゃないか。お前は若くてまだまだチャンスがある」と認めたあと、自分については「俺はもう終わりなんだよ。とっくに賞味期限が切れた人間なんて、誰も見向きもしない」と卑下するばかりだった。

　澤田の才能を知り、きっかけさえあれば必ずまた評価されると考えたあゆみは、マネージャーの柴山が、美写紋賞の審査員に口を利ける人間を知っていると言っていたのを思い出し、浅野の名前を聞き出した。

「……それで澤田さんを連れて浅野の事務所を訪ねて、驚きました。そこは幹太くんが、定点写真の被写体としていた建物でしたから……」

　金は多少かかるがそれを上回るものが手に入るから、と浅野は美写紋賞について請け合った。しかしそれはデタラメだった。あゆみは受賞パーティーの場で浅野に詰め寄ったが、無視された。

　そのあとしばらくして、取材に向かっている途中、澤田から電話が入った。澤田は決然とした声で「今から、浅野のところに行って話をつけてくる」と言った。胸騒ぎを覚えたあゆみもすぐに駆けつけた。すると、揉み合った末に浅野を殺してしまった澤田が、茫然自失状態で床にへたり込んでいた。

澤田は警察に自首しようとしたが、あゆみがそれを止めた。誰にも見られていないから、隠し通そうと。たしかに殺害の現場は誰にも見られていなかった。先に逃がした澤田の姿を見た者もいなかった。しかし、澤田がそこにいた形跡を消してあゆみが建物を出たとき、橋の上には幹太がいて、定点写真を撮ったのだった。

あゆみの長い告白を聞いて、伊丹が訊いた。

「そのことがあって、だから自分がやったと？」

「澤田さんを引き留めたのは私ですから」

あゆみが認めたので、伊丹は芹沢と麗音を連れて、澤田の元へ向かった。

右京があゆみに語りかける。

「あなたのデビュー作を拝見しました。とても素晴らしいと思いました」

あゆみは虚脱したような顔で応じた。

「あの写真集から私ははじまったと思っていたけど、実はあそこで終わっていたんです。アイデアがない。作品にときめかない。いつからか、そうなっていたんです」

「だからあなたは澤田さんを頼った」

薫の言葉に、あゆみは寂しげに笑った。

「結局、それも自分を苦しめるだけでした。自分の実力ではないものが評価され、さらにもっともっと求められる。その繰り返し。いつからか、自分を見失っていたんです」

「そんなときに幹太くんと出会い、彼の撮った写真を見たんですね？」

右京が言うと、あゆみは切々と訴えた。

「もっと写真が撮りたい。自分の撮りたい写真が撮りたい。そう思いました」

「あゆみさん、もしあなたがこのまま真相を隠し通していたら、それはあなたのためにも、幹太くんのためにもならなかったと思いますよ」右京が机の上の写真を手に取った。

「幹太くん、いい写真撮ってくれましたね」

「はい……」

あゆみは吹っ切れたような顔でうなずいた。


右京と薫は幹太を警視庁の外まで送っていった。

「よし、じゃあここでな」

薫が幹太の肩に手を置いて言うと、幹太が振り返った。

「あゆみさんはカメラマンとして復帰できますか？」

「どうだろうな……」

「それはあゆみさん次第だと思いますよ」

薫と右京の答えを聞いて、幹太は言った。

「あゆみさんに伝えておいてください」

「なにを?」薫が訊く。

「その気がなくても、シャッターはあゆみさんの指に押されるのを待ってます」

「伝えておきます」右京が請け合った。

そのとき薫が離れたところに立つ杏子の姿を見つけた。

「おっ! 杏子ちゃん、お前のことずっと心配してたぞ」

「えっ?」

「はい」

薫が幹太の背中を押して、杏子のほうへ送り出した。ふたりの高校生が肩を並べて去っていく後ろ姿を、特命係のふたりはしばらく眺めていた。


数日後、自分のデスクでパソコンを見ていた右京が、薫に言った。

「亀山くん、幹太くんがSNSを更新しました」

薫がのぞき込む。いつもの川沿いの建物の写真だったが、今回は前景の橋の上に笑顔の杏子も写っていた。「いいね」の数はすでに二千を超えていた。

「あっ、杏子ちゃん。これだったら、俺にも良さがわかりますよ」

「いい笑顔ですねえ」

右京の顔にも自然と笑みが浮かんだ。

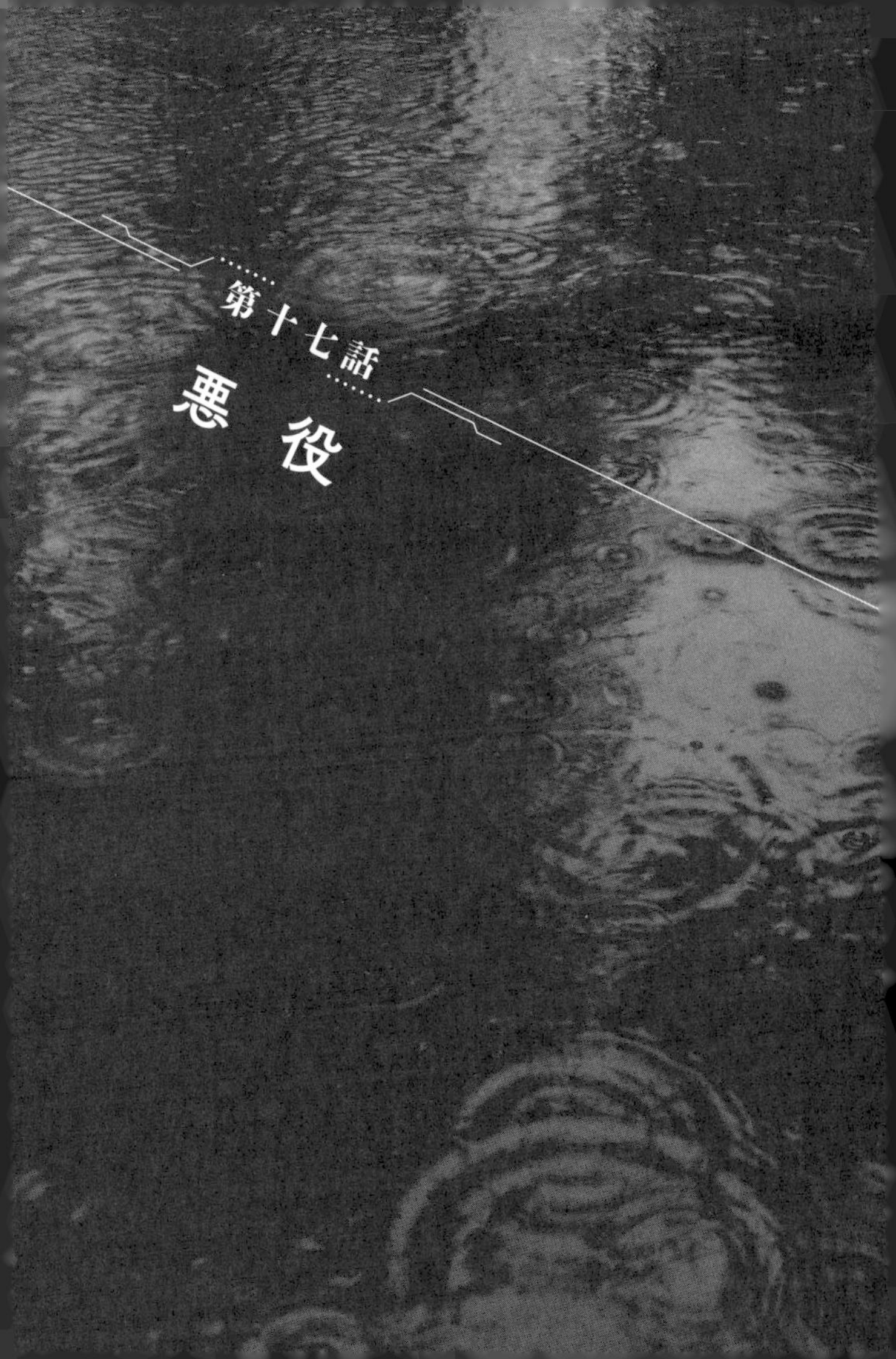

第十七話 悪役

一

元ヤクザの男が古巣の事務所で大立ち回りを演じていた。三下のヤクザをものともせず、次々となぎ倒していく。

と、そこへドスを手にした親分が現れた。

「逃がしゃしねえぞ、この野郎！」

親分は元ヤクザの男をにらみつけ、ドスを構えて襲い掛かってきた。しかし、男のほうが身のこなしが軽かった。親分の攻撃を難なくかわし、その腹に自らのドスを叩き込んだ。親分はうめき声を漏らしながら、事務所の床に倒れ込んだ。

「はいカット！」

監督の掛け声が入り、カチンコの音が鳴る。ここは『アウトロー・レガシー』というヤクザ映画の撮影スタジオだった。

「もう一回いこう。もう一回」監督はそう言って、親分役の俳優、小桜千明に話しかけた。「なあ、もうちょっと迫力出せないかな？　もっとさ、殺してやるって感じが欲しいんだよね」

監督にダメ出しされ、小桜は素直に謝った。

「はい、すみません」

「頼むよ。ねっ。はい、もう一回！」

小桜は上着の内側に仕込んでいた血糊のパックを取り外し、元ヤクザ役の主演俳優、藤枝克也に訊いた。

「どうやったら藤枝さんみたいな凄みが出せるんですかね」

「小桜、お前は顔のわりに気持ちが優しすぎるんだよ。遠慮すんな。思いっきり斬りかかってこいよ」

尊敬する先輩俳優に励まされ、小桜は嬉しそうに声を張った。

「はい、お願いします！」

休憩時間になり、小桜は台本と一緒に置いてあったスマホを取り上げた。そして、撮影中に池田淳からの着信が何回も入っていたことに気づいた。

池田は撮影所の門の外で待っていた。撮影を終えて落ち合った小桜が、怪訝そうに訊いた。

「淳、どうしたの、急に」

「このあと時間あるか？」

「あるけど……なんかあった？」

池田は答えず、「とにかく一緒に来てくれ」とだけ言って、先に立って歩き出した。

その頃、〈ホシナ・エンターテインメント〉の社長室には、警視庁捜査一課の刑事たちと鑑識課の捜査員の姿があった。

遅れて到着した捜査一課の伊丹憲一が腹部から出血して絶命している遺体に手を合わせると、鑑識課の益子桑栄が言った。

「死後およそ十二時間ってとこだな」

「凶器は？」

「小型のナイフだろうが、現場には見当たらないな」

伊丹の後輩の芹沢慶二がこれまでに判明している情報を報告した。

「被害者はこの会社の社長の保科貴之さん、四十二歳。昨夜、社員は夜七時頃に全員退社して、それ以降オフィスには保科さんひとりだったそうです。それとこの被害者なんですが、裏カジノを運営していた疑いでマークされてたみたいですね」

「裏カジノ？」

伊丹の頬がピクリと動いた。

その少し後、警視庁特命係の小部屋では、亀山薫が組織犯罪対策部薬物銃器対策課長の角田六郎から事件の概要を聞いていた。

「じゃあ、その会社ってのは……」

薫が合いの手を入れると、角田が言った。

「まあ表向きは健全なイベント会社を謳ってるが、そいつのフロント企業だろう。一課の捜査には協力するが、うちとしてもそいつらの尻尾をつかむチャンスだ」

「なるほど」薫が話の趣旨を理解した。「で、俺らに手伝ってほしいと」

「ああ」角田が首肯した。

部屋の主である杉下右京がティーカップを片手に訊いた。

「殺しのほうの見立ては？」

「内輪揉めか、敵対組織の仕業かってとこだろ。初動の聞き込みじゃ、社長は亡霊に呪い殺された、なんて証言もあったらしいがな」

角田の放ったひと言に、右京が真剣な顔になる。

「亡霊ですか」

「そんな話、真に受ける奴なんて……」

角田は鼻で笑ったが、右京は紅茶を飲み干してスーツの上着に手を通した。

「ちょっと確認したいことがありますので、失礼」

さっさと部屋を出ていく右京の背中に、角田が泣き言をぶつける。

「おい、手伝ってくれねえの？」

「余計なこと言っちゃいましたね」

上司のオカルト好きを知っている薫がニヤッと笑って、右京のあとを追う。

「おい！　もう……」


右京と薫は雑居ビルの二階にオフィスを構える〈ホシナ・エンターテインメント〉に向かった。オフィスに到着すると、捜査一課の出雲麗音が事務員の矢口綾子(やぐちあやこ)から話を聞いているところだった。

そこへ、薫の同期で憎まれ口を叩き合う仲の伊丹が、芹沢とともにやってきた。

「特命係の亀山！　お前よ、こんなところでなにしてやがるんだよ⁉」

「シーッ！」薫が人差し指を口に当てる。

「シーッじゃねえよ、馬鹿！」

すると、麗音が薫と同じポーズをとった。

「シーッ！」伊丹がおとなしくなったところで、麗音は綾子に向き合った。「どうぞ続けてください」

「ですから一昨日(おととい)、向かいのビルの警備員が訪ねてきて、社長に話があるというのでお通ししたんです。そのとき社長、話を聞いてすごく取り乱して……『そんな馬鹿な。あり得ない！』って、警備員に言っていました」

伊丹が窓の外に目を向けた。〈ホシナ・エンターテインメント〉のある雑居ビルの道をはさんだ向こうには、見るからに古びたビルが建っていた。

「向かいのビルってあれか」

麗音もそのビルに視線を転じた。

「でもあのビル、現在はほぼ空いていて、警備会社との契約はないそうです」

「じゃあ、警備員っていうのは嘘か」

「怪しいな、その男。警備員のふりして被害者に接触か」

薫の指摘を、右京が受ける。

「職業を偽るために制服というのは、まさに効果的なアイテムですからねえ」

「ご高説どうも」

右京に嫌みをぶつける伊丹に、芹沢が耳打ちする。

「でも身分を隠して会おうなんて、やっぱ被害者の裏稼業に関係してるんじゃないですかね？」

「まずはそっち方面のトラブルからだな」

伊丹が芹沢と麗音を引き連れて去っていくと、右京が綾子の前に出た。

「ところで保科さんですがね、亡霊に呪い殺されたという噂を耳にしたのですが……」

「そうなんです。その警備員、社長に動画を見せてたんですよ。防犯カメラの映像みたいな動画を。薄暗い非常階段に男がひとり映っていました。赤いコートを着てて、スラッとした髪の長い男性でした。あとで社長に訊いたんです、なに見てたんですかって。そしたら社長、亡霊の映った呪いのビデオだって。冗談だと思ったんです。でも本当に殺されるなんて……私、お祓いとか受けたほうがいいんでしょうか？」

綾子が震える手でお守りを握りしめるのを目の当たりにして、さすがの右京も答えに窮した。

「そうですねえ……」

社長室ではまだ益子たちが鑑識作業を続けていた。床に倒れたキャビネットと収納棚を見やって、薫が言った。

「被害者はナイフを持った相手に襲われ、この辺でかなり揉み合ったみたいですね」

「亀山くん、亡霊はナイフを持ちませんかね？」

右京の質問に、薫が笑いながら答える。

「持たないでしょ。亡霊がナイフ持ってフラフラしてたら、おかしいでしょ」

「では、犯人は亡霊ではないと？」

「まあ、残念でしょうけどね」

「しかしビデオを見てなぜ亡霊などと言ったのか、それはそれで気になりますね」

「ああ、たしかに」

薫が認めたとき、テーブルの天板の裏を調べていた益子が「あれあれ⁉」と声を上げた。益子が取り外した小さな電子機器を見て、右京が言った。

「おや、盗聴器のようですね」

「だな」益子がうなずく。「まあ、被害者は筋者なんだろ。敵対組織にこれぐらいのことされてもおかしくはないわな」

「ちょっと失礼」右京が白手袋をはめた手で盗聴器を受け取る。「これ電池式ですか」

「まあそう」

「電源が入ったまま。つまり仕掛けられたのは、ごく最近ということでしょうかね？」

「そういうことになるな」

「じゃあ、例の偽警備員の仕業？」

薫はそう推測し、収納棚の周囲に散らばったＤＶＤのケースに目を落とした。そのすべてがやくざ映画だった。

「いやあ、しかし、いかにもって感じの趣味ですね」

右京が一本のＤＶＤがキャビネットの下敷きになっているのを見つけた。

「亀山くん、ちょっとキャビネットを持ち上げてくれますか？」

　薫が指示に従ってキャビネットを持ち上げると、右京がＤＶＤを拾い上げた。

「この一本だけ、キャビネットの下敷きになっていました」

「えっと、犯人と被害者が揉み合っているうちに収納棚が倒れてＤＶＤが散らばった……なんかおかしいですか？」

「倒れたキャビネットの上にも何本かのＤＶＤがありました。流れからいうと、まずこのキャビネットが倒れて、そのあとにこの収納棚が倒れたと考えるのが自然ですよね」

「ああ、そうですね」

「つまりこの一本だけは、最初から床の上に落ちていたと」

　右京の論理的な説明に、薫が感心する。

「お見それしました」

「それにこの作品だけ、他と傾向が違うのも気になりませんか」

「『桜色の恋人』ですか。恋愛ものですかね？」

　薫がそのタイトルをスマホで検索した。

　右京は安っぽいつくりのパッケージの写真と出演者のクレジットに目を走らせた。

「主演、小桜千明」

「あれ？　ヒットしませんね」薫が首をかしげた。「一般に流通してないものかもしれないですね。被害者のものじゃないとすると、犯人が持ち込んだ可能性もありますよね？ちょっと確認します」

薫が社長室を出ていくと、右京は窓の外の道路に視線を転じた。騒ぎを嗅ぎつけた野次馬が集まっていた。野次馬をざっと眺めていた右京は、少し離れた電柱の陰に隠れるようにしてようすをうかがっている人物に気づいた。その人物は『桜色の恋人』のジャケットに写っている男と同じ顔をしていた。

電柱の陰でおどおどしていた小桜のもとへ、野次馬から情報収集をしてきた池田が戻ってきた。

「保科が殺されたらしい……」

「えっ！　なんで⁉」

「とりあえず、ここにいちゃまずいな」

池田は小桜を促して、その場を離れた。

右京が雑居ビルから表に出たときには、小桜は姿を消していた。薫が右京を追ってきた。

「右京さん、どうしたんですか？」

「小桜千明さんを見かけました」

「えっ！　このＤＶＤの俳優を？」

目を丸くする相棒に、右京は「ええ、間違いありません」と断言した。

「あっ、そうだ！」薫が事務員から聞いてきた話を報告する。「このＤＶＤ、やっぱり社長のものじゃなさそうです」

「なるほど」

薫がスマホで「小桜千明」を検索すると、今度はヒットし、俳優としていろいろな役を演じた際の画像がいくつか表示された。

「名前はかわいいんですけど、いかつい顔してますね。ヤクザの下っ端に、時代劇の斬られ役。見た目どおりの悪役俳優。この事件になんか関わってるんですかね？」

「犯人が持ち込んだかもしれないと思われるＤＶＤ。その主演俳優が事件現場に現れた」

右京が簡潔に整理すると、薫が言った。

「となると、やっぱり気になりますよね」

二

雑居ビルの前から逃げるように速足で歩き去りながら、小桜は電話をかけていた。しかし、電話はつながらなかった。

「駄目だ。朋香、電源切ってる」

先を歩く池田は、足を止めずに顔だけ後ろに向けた。

「昨日からずっとそうなんだ」

「ねえ、まさか、保科の件と関係ないよね？」

小桜の顔に似合わず気弱な発言を、池田は一蹴した。

「当たり前だろ」

「そうだよね。淳は仕事あるんだろ。僕のほうで心当たりを捜してみるよ」


小桜がアパートに帰宅して、玄関のドアを開けようとしているところに、右京と薫がやってきた。

「小桜千明さん？」薫が警察手帳を掲げた。「警視庁特命係の亀山です」

「杉下です」

「警察？」小桜の顔に緊張が走った。

「所属事務所で住所を聞いてきたんだけどね、ちょっと話いいかな？」

「えっ、僕になにか？」

薫が『桜色の恋人』のＤＶＤを取り出すと、右京が説明した。

「こちらのＤＶＤ、プロモーション用にあなたが自主制作したものだとか」

「ええ。それがどうかしたんですか?」

「ある場所に落ちてましてね、持ち主を捜しています」

「そんなことですか」小桜が安堵の表情に変わった。「あっ、僕は落としてません」

「他にこのDVD持ってるって人は?」

薫の質問に、小桜は「親しい友人ぐらいです」と答えた。

「その方々の連絡先、教えていただいても?」

右京の申し出を小桜は快く受け入れ、ふたりを部屋に上げた。

部屋に入った右京は、いつもの癖で室内を見回した。部屋の隅には『桜色の恋人』のDVDが入った段ボール箱が置かれ、机の上には現在撮影中の『アウトロー・レガシー』の撮影スケジュール表が置かれていた。

『桜色の恋人』を手にしたままの薫が訊いた。

「君、悪役が多いみたいだけど、この作品は雰囲気違うよね」

「幼稚園の劇で鬼の役やらされてから、ずっと悪役なんです。斬られて、殴られて、殺される役ばっかり。自主制作ぐらいは違う役やりたいじゃないですか」

「なるほど」右京が理解を示す。「こちらはプロモーション用にお作りになったんですよね?」

「はい、そうです」

「仕事先に配ったりはしてないんですか？」

「これは仕事がなくて焦ってたときに、僕が勝手に作ったやつなんです。後でマネージャーに見せたら、『つまらなすぎて、こんなの配ったら逆に仕事減るぞ』って言われちゃって」

薫は笑ったあと、ケースを裏返した。そこには「あの藤枝克也も絶賛！」という煽り文句とともに、本人の顔写真が載っていた。

「でもこれほら、藤枝克也さんに絶賛されてんじゃない」

「藤枝さんは事務所の先輩なんですよ！　僕の憧れで……」小桜は嬉しそうに壁に貼ったポスターをふたりに示した。「去年公開されたこの『追憶の死者』。これは何度見ても最高なんですよ！」

ナイフを手に凄みのある笑みを浮かべるポスターの藤枝を見ながら、薫が言った。

「俺もね、若いときの彼を覚えてるよ。脇役なのに妙に存在感あってさ」

「ええ！　まさに名バイプレーヤーですよね！」

「いや、驚いたな。こんな主役やるようになってたんだ」

「冷酷非道な連続殺人鬼。あの鬼気迫る名演技、しびれましたね！」

小桜が嬉々として語るなか、右京はポスターの横の壁に飾られた模造ナイフに着目して、手に取った。

「おや、これは映画で使われた小道具のナイフですね」

「はい！　これ、藤枝さんにいただいたんですよ」

薫もそのナイフの形状がポスターのものと同じであることに気づいた。

「本当だ！　でもこれ、近くで見ると軽いし、おもちゃみたいですね」

「でも藤枝さんが持つと本当に人を殺せそうに見えるから、すごいんですよ！」

右京がナイフを壁に戻す。

「ところで連絡先のほうは……」

「ああっ、ごめんなさい！」小桜は椅子に座り、スマホの連絡帳アプリを開いた。「ちなみに、それってどこに落ちてたんですか？」

「それは捜査に関わることですので、すみませんね」

右京がやんわり拒むと、小桜の声が硬くなった。

「それはなにか事件に関係してるってことですか？」

「まあまあ、その可能性を探ってるわけ」

薫が答えると、小桜が声を上げた。

「あっ！　思い出しました。実はそのＤＶＤ、酔っ払った勢いで飲み屋でいろんな人に配っちゃったんですよ。方々にばらまいたから、今、誰が持ってるのかなあ？」

「でもマネージャーに止められてたんじゃないの？」

薫が小桜の発言を引いて疑いの目を向ける。

「いや、酒が入ると気が大きくなっちゃうんですよ。あっ、これ、マネージャーには内緒にしておいてくださいね」

右京が質問を変えた。

「では昨夜九時から十一時頃まではどちらに?」

「撮影終わりに藤枝さんたちと飲んでましたけど……。もしかして僕、疑われてます?」

「いえこれ、皆さんにお訊きすることですので」そこで右京が手を打った。「あっ! そういえば先ほどあなたを見かけました」

「そうなんですか」

「ええ。とある事件現場付近で」

「人違いじゃないですか?」

小桜は笑ったが、表情ににじんだ不安は隠し切れていなかった。

小桜の部屋を出たところで、薫が言った。

「なんか隠してますね」

「ええ」右京が同意する。「事件がどこで起きたかも聞かずに否定しましたからね」

「ってことは、DVDをいろんな人に配っちゃったってのも……」

「実は所有者はごくわずかで、特定されたくないのかもしれませんね」

「なんかありそうですね」

　薫は振り返り、小桜の部屋のドアを見た。


　右京と薫は『アウトロー・レガシー』の撮影スタジオを訪れた。面会相手の藤枝は休憩中で、俳優の伊東慎二と一緒にいた。

　ふたりのもとに案内された右京は、さっそく『桜色の恋人』について尋ねた。

「このＤＶＤの落とし主について調べていましてね」

「ああ、それだったら家にありますよ、たぶん」

　藤枝が即答すると、伊東が言った。

「俺も。それ、つまんなかったですよね」

　笑う伊東を、藤枝がたしなめる。

「まあ、そう言うなって」

「あれ？」薫がＤＶＤのケースを裏返した。「でもほら『絶賛』って……」

「ハッタリでもいいから、そう書いといてけって言ったんですよ。役者っていうのはまず見てもらえてなんぼですから」

「ずいぶんと彼に目をかけてらっしゃるようですね。大事な小道具もプレゼントしたとか」

　右京に水を向けられ、藤枝が語る。

「あのナイフですか。あいつが悪役やめたいって悩んでいたことがあって、発破かける意味でね。なんか昔の自分に似てるんですよね。顔も映らず名前も残らず、ただ主役にやられる悪役ばかり……。虚しくなるときもあるんですよ」

「小桜さんとは昨夜も一緒だったそうですね」

　右京がさりげなく確認すると、藤枝は自然なようすで「夜中まで一緒に飲んでましたよ」と答えた。

「そうですか」薫がスタジオを見渡した。「小桜さんは、今日は撮影はないんですか?」

「いえ、朝来てました」伊東が答えた。「なんだか慌てて帰っていきましたけど」

「慌てて?」薫が訊き返す。

「ええ。同い年くらいの男となんか真剣なようすで話してて、そのあと……」

　そこで藤枝が立ち上がった。

「すみません、ここらで失礼します」

「ありがとうございました」

　右京と薫が礼をして送り出すと、藤枝は台本を開いてゆっくり歩き去った。伊東が説明した。

「藤枝さん、台本に集中するときは、ああやってひとりで歩き回る癖があるんです」

　薫が去っていく藤枝を目で追った。

「へえ。でもあれですね……後輩思いですよね」

「千明とはとくに共通点多いですからね。ふたりとも強面だし、高校演劇上がりだし」

　伊東の言葉に、右京が反応した。

「小桜さんは高校時代、演劇部でしたか」

「ええ。結構頑張ってたみたいで、全国大会で入賞経験もあるみたいですよ」

「それは素晴らしいですねえ」


「来年も再来年もずっと君と桜が見たいんだ……」

　潤んだ目で女優に訴える小桜千明の周囲に桜の花びらが舞ったところで、薫は映像を停止した。

「劇的につまんねえな。こりゃマネージャーさん、止めて正解でしたね」

　特命係の自席のパソコンの前で感想を述べた薫に、右京が訊いた。

「なにか収穫はありましたか？」

「いえ。でもこういう映像って貸衣装なんかも利用するでしょうからね。警備員の制服も手に入るんじゃないですか？」

「あり得ますねえ」

「右京さんはなにを？」

薫が右京のパソコンをのぞき込む。右京が見ているのは高校演劇の全国大会の公式サイトで、出場校と部員などが表示されていた。

「十三年前の高校演劇の全国大会、たしかに小桜さんの出身校、〈都立高嶺高校〉が入賞していました。当時の部長の名前が池田淳。ＤＶＤの所有者を尋ねた際、小桜さんの携帯に表示されていた名前ですよ」

小桜が連絡帳アプリを開いたとき、右京はしっかりチェックしていたのだった。

「相変わらず、細かいことに気づきますね」

「どうもありがとう。今朝、撮影所で小桜さんが会っていた男というのも彼かもしれませんねえ」

右京が〈高嶺高校〉をクリックすると、その高校の演劇部のホームページに飛んだ。

「現在、同じ高校で演劇部の顧問をしています」

顔写真の下のキャプションを薫が読んだ。

「演劇部顧問、池田淳」

その頃、松尾朋香は足を引きずってネットカフェの個室に入った。スマホには池田淳と小桜千明から何度も着信が入っていた。朋香は着信に応じることなく、暗い目でパソコンに向き合った。

三

翌日、右京は〈高嶺高校〉へ出向いた。そしていくつか聞き込みをしたあと、池田に面会を求めた。池田は演劇部の部室に右京を招いた。

「千明は同級生で、演劇部の同期です。ＤＶＤももらいましたよ。家にありますけど」

「あなた方はかなり本格的に演劇に取り組んでいたそうですね」

「全国大会で上位入賞したのは僕らの代だけなんです」

「それは素晴らしい」

「過去の栄光ですよ。今じゃ廃部寸前です」池田はそう言いながら、額に入った当時の写真を見せた。「これが入賞したときの写真です。千明のシャイロック役はとくに好評でした」

「ほう、シェイクスピアですか」

「『ヴェニスの商人』を現代版にアレンジしたのがウケましてね。だから金貸しのシャイロックも闇金業者に」池田が写真の小桜を示す。「この頃から悪役で」

右京は写真の他のメンバーを指差した。

「隣にいるのがあなた。こちらのおふたりは？」

「彼は北原陽介。こっちは松尾朋香。ふたりとも同期です」

右京は棚に並ぶ写真立てに目を走らせた。

「四人一緒の写真が多いですね。特別仲がよろしかったのでしょうね。今でもよくお会いになってるんですか？」

「いいえ、忙しくて最近はまったく。あの、そろそろ授業がはじまりますので」

「どうもありがとうございました」一礼して去りかけた右京が急に立ち止まる。「ああそういえば、もう体調はよろしいんですか？」

「えっ？」

「三日前に学校をお休みなさったとか」

「風邪をひいて寝込んでいました。休んだおかげですっかりよくなりましたが」

「それはよかった。ですが、昨日も急遽午前中にお休みを」

「風邪がぶり返しまして」

「寒い日が続きますからね。お忙しいところ、ありがとうございました」

右京は探るような目を池田に向けて、深々と頭を下げた。

その頃、薫は〈ホシナ・エンターテインメント〉の矢口綾子に小桜千明の写真を見せて、裏取り捜査をしていた。薫は電話で右京にその結果を伝えた。

「ああ、ビンゴです。偽警備員は小桜千明で間違いないですね」

――池田淳さんも三日前はお休みでした。おそらく小桜さんと行動を共にしていたのでしょう。

「ふたりで協力して殺された保科を探っていた……」

――盗聴器でなにを聞こうとしていたのでしょうね。


右京と薫は警視庁に戻り、角田に捜査資料を見せてもらった。

「二年前に摘発した池袋の裏カジノ。金持ち連中を集めて、高レートのバカラ賭博をやらせてた。客の中には著名な経営者やセレブもいたって話だ」

角田の説明を聞いた薫が、訊き返す。

「話って、捕まってないんですか？」

「顧客リストは破棄されちまってたからな。逮捕できたのはその場にいた客、従業員、合わせて十数名のみ。元締まではたどり着けなかった」

「その元締ってのが、保科だと？」

「まず間違いないだろうな」

右京が資料を取り上げてめくった。

「これがそのときの逮捕者リストですね？」

「ああ。今、保科の会社を調べてるんだが、怪しい金のやり取りがわんさか出てきてるよ」

そう言いながら、角田は別の資料を薫に渡した。

「へえ、これは？」

「保科の個人口座のひとつ。一年ほど前から定期的に現金を貯め込んでる。その金もろくな出どころじゃないだろうな」

逮捕者リストに目を通していた右京が知っている人物を見つけた。

「北原陽介……〈高嶺高校〉演劇部の部員のひとりです」

「えっ」薫がリストに目をやった。「この北原の容疑は？」

「そいつはバーテンダーとして雇われていただけだ。もともと、池袋のバーに勤めてたんだが、客のひとりに高額時給のバイトだって誘われて、数日だけ裏カジノのバーカウンターに立ったんだ。摘発が入ったのが、ちょうどそのときだった。北原は逮捕後、起訴猶予になってる」

「彼の供述に保科貴之の名前はありましたか？」

右京の質問に、角田はかぶりを振った。

「いっさい出てこなかったな。保科は用心深い奴で、証拠に繋（つな）がるような痕跡はまったく残してなかった」


特命係の小部屋に背中を丸めてぬっと入ってきた人物を見て、薫が声を上げた。

「おお、土師っち。待ってました！」

土師太はサイバーセキュリティ対策本部の特別捜査官だった。

「言っておきますが、僕を手下のように扱うのはやめていただきたい」

「そんな手下なんて。まあまあまあ、コーヒーでも飲んでね」

「忙しいので結構。それに僕は緑茶派です」

「そうなの？　じゃあ今度用意しとくね」

「で、なにかわかりましたか？」

右京が目を輝かせて訊くと、土師はむくれた。

「僕を誰だと思ってるんですか？」

「つまり北原陽介と保科貴之の接点が見つかった？」

「それはまったく出てきません」

「期待させておいてなんだよ、もう」

薫が不満をぶつけると、土師は言った。

「でもその北原陽介について興味深いことが。一年前に行方不明者届が出てました。届出人は当時同居中の恋人、松尾朋香」

右京はその名に心当たりがあった。

「彼女も演劇部員のひとりです」

「では」

用件だけ手短に述べてそそくさと去っていく土師を見送って、薫が右京にささやいた。

「一年前といえば、保科の口座に入金がはじまったのもその頃です」

「彼らがなぜ保科を探っていたのか、見えてきましたねえ」


朋香が足を引きずりながらマンションに戻ってきたとき、ちょうど小桜が朋香の部屋を訪ねてきていた。

チャイムを鳴らし、ドアに向かって「朋香、いる?」と声をかける小桜の姿を目にして、朋香は踵（きびす）を返してその場を立ち去った。

小桜がしばらく部屋の前で待っていると、池田がやってきた。

「朋香、帰ってきてる?」

「全然帰ってくる気配ないよ。バイトもずっと休んでるみたいだし……」

「そっか」池田は買ってきた缶コーヒーを小桜に渡した。「事件の夜、朋香に会ったんだよな。そのとき、本当になにも言ってなかったのか?」

「だからなにも……。飲み会終わった頃に連絡があって、僕の部屋でちょっと撮影の話とかして、すぐに帰ったよ」

「そのとき、誰かの名前、出さなかったか？」

「特には……。どうして？」

「いや、なんでもない」

小桜は池田がなにかを隠しているようすなのが気になって仕方なかった。


右京と薫は、以前、北原陽介が勤めていた池袋のバーを訪ね、オーナーの竹内昌幸（たけうちまさゆき）から話を聞いた。

「北原さんはいつからこちらに？」

薫の質問に、竹内は落ち着いた声で答えた。

「五、六年前からかな。いいバーテンダーでしたよ。よく働くし、なにしろイケメン。客ウケもよくてね。それが突然いなくなって、朋香ちゃんが不憫（ふびん）で……」

「朋香ちゃんっていうのは恋人の松尾朋香さん」

「プロのダンサーだったんですけどね、三年前に怪我（けが）しましてて……」

朋香が北原と一緒に夜の繁華街を歩いているとき、途中の階段で北原の肩がチンピラに触れた。チンピラは逆上して北原を蹴り飛ばした。バランスを崩した北原とぶつかった朋香は、階段を転がり落ち、右足を骨折してしまったのだった。

「……また踊れるようになるには、手術やリハビリやら金がかかる。陽介、責任感じちゃってね、がむしゃらに働いてましたよ」

「なるほど。北原さんは金が必要だった。それで裏カジノの仕事を受けた。そして一年前に失踪……」

薫がまとめた流れを聞いて、竹内が言った。

「ちょっと思い出したことがあるんですよ」

竹内が思い出したのは、小桜がＤＶＤを持って来店した一年前の夜のことだった。その頃、長髪を後ろで束ねていた北原に、竹内はＤＶＤを渡した。

「夕方、千明くんが置いていったよ。プロモーション用に作ったんだとさ」

「へえ、千明が?」

「頑張ってるね、彼。朋香ちゃんもさ、足さえ治ればまた」

竹内が朋香を気遣うと、北原は唇を嚙んだ。

「ええ。金さえあれば……。裏カジノの客なんて、掃いて捨てるほど金持ってたのに……」

「そいつら、ほとんど捕まってないんだろ?」

「オーナーの保科って奴は、まんまと逃げたみたいだし」

「世の中ほんと不公平だよね。君みたいな人だけ捕まるなんてさ」

と、北原はＤＶＤに目を落として言った。

「でも、無駄じゃなかったかも……」

竹内の話を聞いた右京が確認する。

「『無駄じゃなかった』……北原さんはＤＶＤを見てそう言ったんですね？」

「ええ。いなくなったのはその数日後でした」

うなずく竹内に、薫が問う。

「そのこと、朋香さんや昔の演劇部のメンバーには？」

「ひと月くらい前、久しぶりに三人が店に来て、そのときに。陽介がいなくなる前は、四人でよく集まってたんですけどね。あっ、ちょっと待ってください」

竹内が店の奥に向かった隙に、薫が自分の考えを右京にぶつけた。

「三人がその話を聞いたとすれば、北原さんの失踪に保科が絡んでると考えてもおかしくはないですよね？」

「ええ……」

右京が認めたとき、竹内が一枚の写真を手にして戻ってきた。

「これこれ。仲いい四人でしたよ。千明くんがドラマや映画に出るたびに、みんなでお祝いしたりしてね」

「拝見します」写真を受け取った薫は、長髪の北原が赤いコートを着ていることに気づいた。「右京さん、この見た目って……」

右京も矢口綾子の証言を覚えていた。

「なるほど。亡霊の正体は北原陽介でしたか」

四

右京と薫は朋香のマンションを訪ねた。

「松尾さん？　松尾朋香さん？」

薫がチャイムを鳴らしてドアの向こうに呼びかけたが、応答はなかった。

「留守ですかね」

右京が郵便受けにメモ用紙が挟まっているのに気づき、引っ張り出した。メモには手書き文字が書きつけてあった。

——朋香、心配してる。すぐ連絡ください。淳、千明
そのとき路上に目を転じた薫が、物陰からこちらをうかがう人物を発見した。

「右京さん、あいつ……」

薫に気づかれたと悟って逃げ出した人物を、右京は知っていた。

「池田淳さんですね」

「あいつらも朋香さんを捜してるみたいですね」

その頃、朋香はネットカフェにいた。パソコンの画面には、とある病院の見取り図が表示されていた。朋香は真剣な表情でそれを眺めていた。

朋香のマンションから逃げ出した池田は、しばらくして小桜から呼び出しを受けた。指定された公園に行くと、小桜が待っていた。

「千明、どうしたんだよ？　急にこんなところに来いなんて」

小桜は脅えたような表情をしていた。

「なあ、陽介って無事だと思う？　警備員のふりして保科に例の動画を見せたとき、『馬鹿な、あり得ない！』って言ったんだよ。すごくうろたえてた。それって、陽介はもうこの世にいないってことなんじゃないかな？　なあ、どうなんだよ⁉」

小桜に肩を揺さぶられ、池田が口を開いた。

「ごめん……。千明の言うとおりだ。たぶん、陽介はもう……」

「そんな……」

小桜がうなだれたところへ、右京と薫が現れた。

「やはりそうでしたか」右京が説明する。「先ほど小桜さんを訪ねましてね、お話をうかがったところ、あなたがなにか隠しているのではないかと思いましてねえ。小桜さんにひと芝居打ってもらいました」

「ごめん、淳」

小桜が謝る。右京が続けた。

「ひと月ほど前、あなた方は竹内さんから話を聞き、北原陽介さんの失踪に保科が関与していると考えたんですね」

「もしかすると一度は直接保科に確認したんじゃないのか？」

薫に詰問され、池田は「はい」と認めた。

保科に会ったのは池田だった。〈ホシナ・エンターテインメント〉の社長室で北原の写真を見せ、居場所を問い質したが、保科は知らないと言い張った。しかし、池田は保科がなにかを知っていると確信した。

右京は池田たちの作戦を見破っていた。

「そこであなた方は一計を案じた。北原さんと背格好の似た人物、例えば千明さんの知り合いの若手俳優などに協力してもらい、失踪時の北原さんそっくりに扮装させ、映像を制作した。そして三日前、小桜さんが向かいのビルの警備員を装い、保科の会社を訪ねた」

右京の推測どおりだった。小桜は警備員の制服を着て、保科を訪ね、その映像を見せたのだった。

「昨夜、私どものビルに侵入した男がおりまして、これはその男が映った防犯カメラの映像なんですが……」

赤いコートを着た長髪の男を見て、保科は声を震わせた。

「こいつは……」

「一度身柄を確保したものの取り逃がしてしまいました。こちらのビルを見張っていたようなので、一応ご報告をと思いまして。男は北原陽介と名乗っておりました。なにか心当たりはありませんか？」

小桜が追及すると、保科はテーブルを叩いて叫んだのだった。

「そんな馬鹿な。あり得ない！」

保科が急に立ち上がったため、運んできたお茶を矢口綾子がこぼしてしまった。保科がそれに気を取られている間に、小桜はテーブルの裏側に盗聴器を取りつけたのだった。

右京はそのあとの保科の行動も読んでいた。

「しかし、保科はすぐに反応したんじゃありませんか？」

「誰かに電話していました」

警備員姿の小桜が社長室から戻ってくる間に、保科はさっそく行動を起こして電話をかけた。池田はそのときの保科の声を録音していた。それを右京と薫の前で再生した。

——もしもし？　保科です。ちょっと妙な話なんだが、例の北原陽介って男のことで。いや、あんたが殺したその男が現れたって話があって……。もちろん俺は確実に埋めたさ。一応気をつけるんだな。このことが世間にバレたら、あんたは終わりだからな。

再生を終えて、池田が言った。

「朋香から、『このこと黙ってて。警察にも千明にも』って頼まれて……。千明、ごめん」

「北原さんを殺した犯人は別にいた」

真相に気づいた薫に、右京がうなずく。

「ええ。保科は遺体処理を請け負ったにすぎません。あの個人口座の金もその見返りだったのでしょう」

しばらく黙って聞いていた小桜が、話に割り込んだ。

「じゃあ、朋香が行方をくらませてるのって……」

「保科を殺したのは朋香さんでしょう。そのときに朋香さんは保科から犯人の正体を聞き出した可能性があります。真犯人に復讐を果たすつもりなのだと思います。殺害現場に落ちていたＤＶＤ、あれは朋香さんが持ち込んだものでしょう。朋香さんはこのＤＶＤに犯人の手掛かりがあると考えたのだと思います」

薫が取り出した『桜色の恋人』のＤＶＤを見て、小桜が目を瞠った。

「えっ、これにですか？」

「北原さんは失踪の数日前、ＤＶＤを見てこう言ったそうですね。『でも、無駄じゃなかったかも……』」

　右京の言葉を、薫が受けた。

「そして保科は電話で『世間にバレたらあんたは終わり』と言っている。警察にではなく世間に。この言い方からすると、相手は世間に名の知れた人物。つまりこのＤＶＤを見て気づく有名人といえば……」

　最後に右京が北原殺しの犯人の名を口にした。

「ええ、藤枝克也」

「そんな！　なんで藤枝さんが……」

　信じられないようすの小桜に、右京が説明する。

「裏カジノには多くの著名人が通っていたそうです。北原さんはそこで、客として来ていた藤枝克也を見かけたのでしょうねえ」

　池田が右京に詰め寄った。

「陽介、藤枝克也から金を脅し取ろうとしたってことですか？」

「ええ。しかし殺されてしまった」

　そのとき、小桜が猛然と走り出した。気づいた薫があとを追ったが、小桜の足のほうが速かった。あとから追いついた右京に、薫が告げる。

「あっ、右京さん、見失いました。なにするつもりですかね？」

右京の脳裏に、小桜の部屋にあった撮影スケジュール表がフラッシュバックした。

「スケジュール表です！　朋香さんはあれを見たのでしょう。彼女が小桜さんの部屋を訪ねたのではないでしょうか。そして、藤枝さんの撮影スケジュールを把握した可能性があります。亀山くん、藤枝克也が今どこで撮影しているか、調べてください！」

「はい！」薫がスマホを取り出した。


「あいつを殺したのは俺だよ。後悔なんかしてない。必ず逃げ切ってみせる」

藤枝が不敵な顔で語ると、監督の「はいカット！」という声が飛び、カチンコの音が響いた。

その日、『アウトロー・レガシー』の撮影はとある病院でおこなわれていた。松葉杖をついた朋香は、エキストラの中に紛れ込み、藤枝の姿を探していた。朋香の頭に、保科を殺したときの情景がよみがえってきた。

〈ホシナ・エンターテインメント〉を訪ねた朋香は、社長室で『桜色の恋人』のＤＶＤを差し出した。

「これに手がかりがあるはず。北原陽介を殺したのは誰？」

朋香が問い詰めても、保科はしらを切った。朋香が「とぼけたって無駄よ」と、録音した盗聴器の音声を再生すると、保科はいきなり襲い掛かってきた。そして、朋香が持っていたＤＶＤを奪い取り、裏面の藤枝の写真を指差した。

「そうだよ、ここにちゃーんと書いてある。やったのはこいつだよ」

朋香はバッグからナイフを取り出したが、保科はひるまなかった。ＤＶＤを投げ捨てると、朋香の首を絞めようとした。

朋香は必死に抵抗し、保科を突き飛ばした。その弾みでキャビネットが倒れた。保科の手が緩んだ隙に朋香は逃げ出し、収納棚を倒して対抗したが、保科は「ちゃんと彼氏のそばに埋めてやるよ」と言いながら向かってきた。

気がつくと朋香が握ったナイフは、保科の腹に突き刺さっていた。

次はこのナイフで藤枝を殺し、北原陽介の復讐を果たす。決意を新たにして院内を見回していると、藤枝が台本を読みながら、中庭に出ていくのが見えた。そのあとを追おうとしたとき、息を切らした小桜が飛び込んできて、朋香の腕を押さえた。

「朋香！」

「千明……。お願い……止めないで！」

「なにもするな。僕が陽介の仇をとる」

小桜は決然とした表情で藤枝を追った。真剣な表情の小桜を見て、藤枝が不審な顔になった。

「あれ、千明、どうした？　今日、撮休だろ」

「あんたが……あんたが北原陽介を殺したんだな」

「なんの話だ？」　藤枝は動揺を隠して平静を装った。

　そのとき、右京と薫が病院に到着した。薫が警察手帳を掲げて、撮影スタッフに訊いた。

「すみません、警察なんですけども、藤枝克也さんはどちらに？」

「藤枝さん……中庭のほうに行かれましたけど」

　右京と薫は中庭へ急いだ。


　中庭では、小桜が藤枝を問い詰めていた。

「陽介はいい奴だった。僕の親友だった。なんであいつが死ななきゃならなかったんだよ！　なんで、なんで陽介を！」

「なんの話だか……。もう行くぞ」

　とぼけて立ち去ろうとする藤枝の行く手に、朋香が現れたのを見て、小桜はナイフを取り出した。

「待てよ！」

　そこへ右京と薫が現れた。右京は状況を一瞬で把握し、薫に指示した。

「亀山くん、彼女を！」

「あっ、はい！」

　薫が朋香に駆け寄る間に、右京は小桜のほうを目指した。次の瞬間、小桜はナイフを腰で構えて、藤枝に体当たりした。

　右京がふたりのところに駆けつけたときには、藤枝は腹部を真っ赤に染めて、倒れ込んでいた。

「無茶なことをしますね」右京は小桜に言うと、藤枝の横にしゃがんだ。「もういいんじゃありませんか？」

　藤枝が起き上がると、小桜が言った。

「気づいてたんですか？」

　右京が小桜の手の中のナイフを指差した。

「そのナイフ、藤枝さんにもらった小道具ですよね？　撮影用のナイフに……撮影用の血糊ですか」

　右京が藤枝のスーツの内側から血糊のパックを取り上げた。

　右京が見破ったとおり、小桜は藤枝にぶつかった瞬間、耳元で「死んだふりを」とささやき、偽のナイフで藤枝を刺した。そして隠し持っていた血糊のパックを破ったのだった。

「なんだよ、焦らせるなよ」

薫はようやく事態を悟り、朋香の手から本物のナイフを奪い取った。

右京が藤枝に向き合った。

「藤枝克也さん、あなたは一年前、裏カジノの件をネタに金銭を要求してきた北原陽介さんを殺害し、それを隠蔽するために保科貴之に遺体の処理を依頼した。そうですね？」

すべてを見通されていると知り、藤枝は正直に認めた。

「『追憶の死者』の撮影中だった。俺はあの映画に懸けてたよ。脇役ばかりの俳優人生でやっとつかんだチャンス。けど、あいつが現れた……」

北原の要求額は三百万円だった。

「あなたにとってははした金ですよね。見てましたよ、あなたがひと晩に何百万も使うところ」

バカラ賭博に興じる姿を撮られた写真を突きつけられ、藤枝は進退窮まった。

「わかった払うよ。金は必ず払うから、だから……」

写真の表示されたスマホに手を伸ばす藤枝に、北原は言った。

「今日払ってもらえれば、もう来ませんよ。何度もゆすろうなんてつもりはない」

藤枝はその言葉を信じることができなかった。力ずくでスマホを奪い取り、渾身の力で北原の首を絞めたのだった。

「……翌日の撮影のときは、なにも考えられなかったよ。無我夢中で演じた。そしたら映画は大絶賛。鬼気迫る演技だと。あんなの演技でもなんでもない。本物の殺人鬼なんだから……」

　自嘲する藤枝の胸ぐらを小桜がつかむ。

「憧れてたのに……目標にしていたのに！」

「小桜さん！」

　右京が小桜を引き離すと、藤枝が頭を下げた。

「千明。すまない」


　しばらくすると捜査一課の刑事たちがやってきて、藤枝と朋香を連行していった。麗音に腕を取られる朋香に、小桜が呼びかけた。

「朋香！　なんで僕たちに話してくれなかったんだよ？」

「ふたりを巻き込みたくなかった。ごめんね。ありがとね、千明」

　朋香はそう言い残すと、警察車両に乗り込んだ。車を見送る小桜に、右京が話しかける。

「あなたにとってはつらい結末になりましたね」

「でもお前の芝居のおかげで最悪の事態は防げた」

慰める薫に、小桜が声を絞り出す。

「芝居じゃなかった……。全部本音だった。本物のナイフがあったら、きっと僕はあの人を殺してた。殺してやりたかった！」

「だけど、お前はそうしなかったじゃないか」

薫のひと言で、小桜はその場にくずおれた。嗚咽（おえつ）を漏らす小桜に、右京は言った。

「小桜さん、あなたには芝居心も、そして人の心も備わっています。立ち直ってくださいね。我々は待ってます」

「待ってるぞ！」

薫が小桜の肩を叩いた。


その夜、薫の妻の美和子は右京の行きつけの店、家庭料理〈こてまり〉で事件の話を聞いた。

「友達を止めるため、自ら復讐してみせたってわけか」

女将（おかみ）の小手鞠こと小出茉梨が、小桜を思いやる。

「でもその俳優さん、注意だけで済んで、よかったですよね」

「ええ」薫がうなずいた。「強面なんですけどもね、実は友達思いの優しい奴なんですよ」

「そのギャップだけならいいけどさ……」

妻の言いたいことを、薫が理解した。

「善人面した悪人っていうのも、残念ながら多いからな」

「『外見というものは真の姿を表しはしない。人は常に見せかけに騙(だま)されるものだ』

――シェイクスピアの『ヴェニスの商人』の一節です」

右京がそらんじると、小手鞠がまとめた。

「どちらにしろ、人を見た目で判断しては駄目ってことですよね」

「ええ、そう思います」

右京が猪口(ちょこ)を口に運んだ。

第十八話 再会

一

亀山薫は縛られていた。目覚めたのは、見たところ納屋のような安普請の建物の中だった。床に尻もちをつく格好で、後ろ手に縛られ、身動きがとれない状態だった。背中に温かみを感じたので、首をひねって見たところ、上司の後頭部がうかがえた。

「あっ、右京さん」

杉下右京も意識を取り戻していた。

「はい？」

「俺たち、なんでこんなことになっちゃってるんでしょう？」

「さあ、僕にも皆目、見当がつきません」

「たしか課長に頼まれて……」

薫が回想する。

いつものように特命係の小部屋にコーヒーの無心に来た組織犯罪対策部薬物銃器対策課長の角田六郎は世間話でもするように、大きな音の話をしたのだった。

「奥多摩の山ん中なんだけどな、一昨日(おととい)通報があったらしいんだ」

右京は即座に角田の考えを見抜いた。

「課長としては、それが銃声か、なんらかの爆破音なのではないかと……」

「うん。所轄でも調べたんだがな、気になっててな。ほら、銃や爆発物っていうのは、使う前に試しとくってのが、ヤクザあるあるある、だろ」

それがヤクザあるあるかどうか、薫は知らなかったが、角田の言いたいことは理解した。

「で、どうせ暇な俺らに、確かめに行ってこいと」

「まあ手っ取り早く言やあ、そういうこった」

それで奥多摩までやってきたことは覚えていた。久しぶりに松ぼっくりを拾ったら閉じていたので、「右京さん知ってました？　松ぼっくりって、水に濡れると笠が全部閉じちゃうんですよ」と多少自慢げに知識をひけらかしたところ、博覧強記の上司に、「僕を誰だと思っています？」と返されたなどという、どうでもよい些細なことも記憶に残っていた。

そして、ふたりは大きな音の正体について聞き込みをしようと、とある古民家を訪れた。対応してくれたのが、山部政一と和子という老夫婦だったことも覚えていた。

ただ、音についてはふたりとも知らなかったようで、右京が「なにかが爆発したような大きな音」と説明しても、ピンと来ないようすだった。老夫婦は、孫息子の守ならば知っているかもしれないと訊いてくれたが、守からは「雷が落ちた音とかじゃないんですか」というありきたりの答えが返ってきただけだった。

　松ぼっくりが閉じていたのは雨が降ったからではないかと推測した薫は、大きな音の正体は守の言うように落雷だったのではないかと考えはじめていたが、右京は冬のこの時期に雷はあまり発生しないはずと、もう少し聞き込みを続けることを主張した。

　そして、別の古民家を訪れた。大きな家で、薫が「どなたかいらっしゃいますか?」と問うと、答えはなく、中から引き戸がガラガラと少しだけ開いた。にもかかわらず誰も出てこないので、不思議に感じた薫が戸を開け、土間に足を踏み入れた。「どなたかいらっしゃいますか?」と呼びかけながら家の中をのぞき込んだ瞬間、頭上になにか硬いものが落ちてきて、薫の記憶はそこで途切れた。

「そこまでしか覚えてません」

　薫が回想を終えると、右京は「僕はもう少し覚えています」と主張した。

　薫が畳の上に倒れ込むのを目撃した右京は「亀山くん」と安否を気遣って駆け寄った。と、次の瞬間、何者かに背後から殴られ、意識を失ったのだった。

「本当に少しですね」薫は呆れた。

「僕としたことが」右京は悔いた。「落ち着いていれば、かわせたものを」

「俺が倒れたから、気が動転しちゃったと」

「いいえ、かわして二発目も君に当たっていれば、そのショックで君が目を覚ましたかもしれないと思うと、残念です」

「俺にはその発想が残念です」

「褒めたつもりですがねえ、丈夫な体を」

「そりゃどうも」薫が苦笑する。「で、そのまま閉じ込められて……。いったい誰がなんのために？」

右京が声量を絞った。

「君の左上を見てください」

「えっ？」薫は長押（なげし）の部分にスマートフォンがセットされているのに気づいた。「カメラですか」

スマホのカメラは右京と薫に向いていた。

「別のスマホで監視できるようになっているのでしょう。逃げるときには一気に逃げる必要があります」

「いや、逃げるったって、この状態でどうやって……」

と、右京が意外なことを言った。

「僕、ほどけました」

「えっ？」

「君より早く目が覚めたものですからねえ。ひと仕事済ませておきました」

右京がカメラの死角にほどいた縄を置いた。

「さすがは右京さん」

「君のほう、いきますよ」

右京は監視者に気取られないように少しずつ手を動かし、器用に薫の縄をほどいた。

「では、位置について」

右京の掛け声で、ふたりは立ち上がった。

「用意、ドン！」

薫の合図で、ふたりは猛然と駆け出した。


ふたりは納屋のような建物を抜け出し、雑木林の中に入った。山を駆け下り、薫が周囲を見渡した。

「ひとまずは脱出できましたけど、ここはいったいどこなんですかね？」

「久里坂村の近くだとしたら、奥多摩のどこかでしょうねえ」

「せめてどこの山かだけでもわかれば……」

「君、スマホは？」

薫が右京の言いたいことを察した。

「あ、そうか、ＧＰＳで……」薫がフライトジャケットのポケットを探る。「あれ？」

「君もですか。どうやら捕まった時点で奪われてしまったようです」

「クソッ！　じゃあ、応援も呼べませんね」

そのとき、背後から人の声が聞こえてきた。ふたりの男が、「逃げたぞ！」「捜せ！」と叫びながら走り回っている気配がした。やがて、声と気配は遠ざかっていった。

「行きました」薫が背後を眺めて言った。「早くも気づかれちゃったみたいですよ」

「今追ってきたのはふたりだけでしたが、敵の数も正体もわからない以上、いったん態勢を立て直したほうがよさそうですねえ」

「とにかく村に戻って、電話ですね」

「ふたり一緒に行動しては敵にとって好都合。ここはふた手に分かれるべきかと」

右京の提案に、薫は「俺は大丈夫ですけど」と応じた。

「僕のことはお構いなく。久里坂村の山部さんの家で落ち合いましょう」

「はい。じゃあいったんお別れですね」

「ええ。縁があればまた」

ふたりは別々の方向へ走り出した。

二

薫は道に迷っていた。

「あれ？　下ってたつもりが……。初めての山でＧＰＳどころか、地図もコンパスもないとなると、ちょっとした遭難だからな。ええっ？　こっちは駄目。こっちかよ」

　踏み分け道をしばらく下ると、分岐点に出た。

「おっと分かれ道！」

　薫は屈んで、足跡が残っていないかどうか確認した。広いほうの道には足跡はなかったが、狭いほうには落ち葉を踏んだ跡が残っていた。

「広いほうと見せかけて、正解はこっちかよ。なんだ、この山、ひっかけ問題ばっかりじゃねえか。右京さん、本当に大丈夫かな？」


　その右京は山道を見つけて歩いていくうちに、ところどころの枝に青い布がしばってあるのに気づき、それを目印にしてたどっていた。すると、明瞭な複数の足跡を発見した。しゃがんでその足跡を確認していると、背後から声がした。

「どちらさまでしょう？　ここ、私の別荘の敷地なんですが」

　振り返ると四十歳くらいの男が立っていた。右京は立ち上がって言った。

「これは失礼。実は下山しようと布を追っていたところ、いつの間にかここへ」

「道迷いですか。この布は登山者用じゃなく、ここへ来るために僕がつけた道しるべです。だから普通は赤いはずが青い布だったでしょう？」

「そういうことでしたか」

「もしよければ、なにか飲み物でも」

うっすらと髭を生やし、曖昧な笑みを浮かべる男は、見た目からは敵とも味方とも判断がつかなかった。

「気が向きませんか？」

「いえ……。では、お言葉に甘えて」


狭いほうの道を下った薫は、次の分岐点に出た。

「はい、また来た。おっと今度は両方の道に足跡がある」しゃがんで踏み分け道を確認した薫は、片方の路上の落ち葉を拾った。「でも、こっちは歩いて掘り起こされた枯れ葉がまだ乾いてない。ということは、誰かが歩いていったばっかり」

薫は新しい足跡の先に耳を澄ませた。すると、かすかにせせらぎの音が聞こえた。

「けど、下山で沢を下るのは御法度だぞ。ああもう、しょうがねえなあ！」

薫は意を決して沢への道に踏み込んだ。

こぢんまりとした山小屋風の別荘に右京を招いた男は、紅茶を差し出した。

「ひとりなんで、ティーバッグの紅茶しかありませんが」

右京はティーカップを鼻先に近づけて香りを嗅いだ。

「ああ、生き返ります」

「水も持たずに登山を?」

男はスーツの上にコートを着、革靴を履いた右京のいで立ちを訝しむように、炭酸水のペットボトルのキャップを開けた。

「僕としたことが甘く見ていました。ああ、ところで電話をお借りできますか?」

「ここにはありませんよ」

「携帯電話も?」

「ここにいる間はデジタルデトックスを。スマホとかパソコンとか、電子機器類は持ち込んでないんです」

「なるほど」

半信半疑でうなずく右京に、男が訊いた。

「あなたこそ、初めての山を登るのにスマホも持ってこなかったんですか? ＧＰＳとかないと困るでしょう」

「持ってきてはいたのですが、途中でなくしてしまいましてねえ。では、お手洗いだけお借りしても?」

「どうぞ」

右京はトイレに行くふりをしてそっと玄関へ回り、男の靴を調べた。そして玄関から外へ出ようとしたが、外の取っ手になにかが引っかかっているらしく、ノブを回すことができなかった。

「そのドアなら開きませんよ」いつのまにか背後に男が立っていた。「あなたを外へ出すわけにはいきませんから」

「どういう意味でしょうか？」

「お言葉ですが、その格好で登山に来たと言われて、信じる人がいるでしょうか？　早まらないでください！」

自殺志願者と間違えられたと知り、右京は思わず笑った。

「どうやらお互いにひどい勘違いをしていたようです」

「勘違い？」

「詳しくは言えないのですが、あなたをとある犯罪者グループの一員だと疑っていました」

「僕が？　まさか！」

「表に複数の足跡があったにもかかわらず、おひとりだとおっしゃったものですからねえ。失礼は承知で、靴箱の靴を検めさせていただきました。どれもサイズは同じ。靴底の減り方も、紐の結び方も同じ。どうやら表の足跡はすべてあなたのものだったようです」

「そういうことでしたか……」

右京が警察官だとわかり、男も笑った。

薫は苦労しながら沢を伝っていた。すると、その先が滝になっていた。

「ほら言わんこっちゃない。大丈夫かよ……」

どうしたものか迷っていると、追手の声が聞こえてきた。

——俺はもっと北のほうへ行ってみる！

——了解。注意は怠(おこた)るなよ！

別荘の男は、右京を山道の分岐点まで案内した。

「一見、こっちが道みたいに見えるんで間違えやすいんですが、正しいルートはこっちなんです」

「たしかにこれは間違えますねえ」右京は納得し、左手の人差し指を立てた。「ああ、あとひとつだけ。三日前に、この山から大きな音が聞こえたという通報がありました。なにかご存じありませんか？」

「いえ」男がかぶりを振る。「それがさっきおっしゃった犯罪者グループとなにか関係が?」

「今のところ確証はないのですが」

と、男が記憶を探るように言った。

「妙な連中を見かけたことがありました。ひと月ほど前でしょうか。服装はバラバラなんですが、みんな腕や足に白い布をつけてて」

「白い布? どこで見たか覚えていますか?」

「ここへ来るどこかですが、詳しい場所までは……。全然関係ないかもしれませんが」

「そうですか」

「お気をつけて」

「どうもありがとう」

礼を述べる右京に、男が笑顔を見せた。

「短い時間でしたが、ご縁でした。実はあなた、どことなく前の上司に似てると思ってました」

「ほう。その方とは今も?」

「しばらく会ってませんが、いい部下に恵まれてるといいなと思ってます。今さらですが、お名前うかがっても?」

「杉下です」

「杉下さん。神戸（かんべ）といいます」

まさかこんなところで、薫の次の相棒のどちらかというと珍しい部類の苗字が飛び出すとは思わず、右京は偶然に驚いた。

「おや」

「ではまた。いつかどこかで」

男は澄んだ目で頭を下げると、別荘へ戻っていった。

三

薫は追手から距離を取って追いかけ、キャンプ場に出た。そのキャンプ場は冬季は閉鎖されていた。

追手はそこにいるようだった。男たちの会話が聞こえてくる。

――見つかったか?

――駄目です!

――隊長は?

――それが連絡つかなくて……。

「隊長だと?」

薫は独り言（ご）つと、近くにあった木の枝を折って、その場をあとにした。

右京は神戸から教えてもらった道を下り、舗装道路に出た。すぐ近くに〈猿峨見山登山口〉のバス停があり、三十代と思しき男が二列に並んだ後列のベンチに座ってバスを待っていた。

安堵しながら近づいた右京は、男が右足首に白い布を巻いているのに気づいて立ち止まった。神戸の言葉がよみがえったのだ。

――みんな腕や足に白い布をつけてて。

沢沿いに引き返していた薫は、ついに追手に見つかってしまった。

「おい、いたぞ！」

後続の仲間に呼びかけ、ひとりの男が追いかけてきた。薫は巨岩の隙間に身を隠し、男をやり過ごした。

右京はバス停に近づいて前列のベンチに腰を下ろし、白い布を巻いた男に話しかけた。

「いい天気ですねえ。僕は先ほどまで猿峨見山にいましてね。ここは登山口の他になにもありませんし、ひょっとしたらあなたもと思ったのですが……」

男はろくに顔も上げずに無愛想に返す。

「だったらなんです？」

「僕の顔に見覚えありませんか？」

右京が後ろを振り返ると、ようやく男が目を合わせた。

「あんた、まさか……」

「まさか……なんでしょう？」

男は答えず、「ひとりか？」と反問した。

「ええ、今はひとりです。あなたは今までどこへ？」

「どこだっていいだろ」男は顔をそらした。

「あいにくそうはいきません。この格好でおわかりのとおり、好き好んで登山をしに来たわけではありません。実は正体不明の連中に襲われましてねえ」

「正体不明の？」

「白い布を身につけた不審者たちを見かけたという情報もありまして。ええ、ちょうど、あなたのその布のような」

右京に鋭い視線を浴びせられ、男は足首と靴を固定していた白い布をほどいた。

「さっき拾ったんですよ。この山の上のほうに御堂があるんですけど、その近くで。ちょうど足をくじいていたんで、テーピング代わりに」

右京が布を広げた。一辺五十センチくらいの正方形の布で、ふたつの角にエプロンのように細い布が縫いつけられていた。

「たしかにそのような巻き方ではありましたが」

「気晴らしに山に登りに来ただけで、そんな連中とは無関係ですよ」

よどみなく答える男に、右京が問いかける。

「先ほど、まさかとおっしゃったのは?」

「それは……親父の部下かと思ったもんで」

「お父さんの?」

「会社の経営者なんです。俺が同じ業界で起業してから、いちいち干渉してくるようになって。まさかこんなところまで追いかけてくるなんて、と思ったもので」

「なるほど」右京は男に布を返した。

「変な口の利き方してしまってすみません」

男が軽く頭を下げると、右京も謝った。

「こちらこそ、確かめるためとはいえ、試すような物言いをして失礼しました。山の上の御堂とおっしゃいましたねえ」

右京がベンチから腰を上げた。

「はい。あっ、乗らないんですか、バス?」

「ええ、予定を変更することにしました。ああ、よろしければ、電話をお借りできますか？」

「どうぞ」

男がポケットからスマホを取り出し、右京に差し出す。

「恐縮です」

右京は受け取って画面を見ると、首を振りながら男に返した。男が画面に目を落とす。

「あっ、バッテリーが切れてますね」

「仕方ありません。同僚がやってくれると信じましょう」

右京の言葉に、男が反応した。

「信頼できるパートナーがいるんですね」

「長い間離れていましたが」

「俺も年上の先輩と起業したんですけど、実はその人にも親父にも迷惑かけちゃって。今思えば、ただ認められたくて、空回りしちゃってたのかもしれません」

男が自嘲気味に告白したとき、バスがやってきた。

「あっ、バスが来た。じゃ……あっ、お名前は？」

「杉下です」

「俺、享（とおる）です」

足を引きずりながらバスに乗り込む享を、右京は呆然と見送った。神戸尊（たける）の次の相棒の名前をまさかここで聞くことになるとは、さすがの右京も予想していなかった。

薫はなんとか道を見つけ、最初に聞き込みに行った山部家にたどり着いた。そこで電話を借りて、警視庁捜査一課の伊丹憲一にかけた。

「ああ、もしもし？　俺だ」

――俺って誰だ？

「声でわかんだろ。亀山だよ！」

――わからんなあ。どこの亀山だ？

「特命係の亀山だよ！」

伊丹がいつも口にする、いたぶるようなイントネーションを薫がまねると、本家本元の声が返ってきた。

――ああ、特命係の亀山か……ってなんの用だ？

「今、奥多摩の久里坂村ってとこにいる。よくわかんねえ奴らに襲われて、拉致(らち)されて、監禁された」

――そいつは面白(おもしれ)えな。身代金なら払わんぞ。

「もう自力で脱出済みだよ！　それにな、もし身代金が必要だとしても、誰がお前みたいな金なさそうな奴に頼むか！」

——なんだと？　てめえ！　独身貴族なめてんじゃねえぞ、コラッ！

「誰が貴族だよ……っていいから、すぐに応援よこせ！」

電話を切って、「ったく、あの馬鹿！」と毒づく薫に、山部政一が話しかけた。

「電話、終わりました？」

「あっ、ありがとうございました」

固定電話の子機を返す薫に、山部が言った。

「いえいえ。でも、まだいらっしゃったんですね」

「いろいろありまして。で、ちょっとうかがいたいんですが……」

薫は、山部を自分たちが襲われた古民家へ連れていった。

「……ここなんですけどね。ここに住んでる人って？」

「ここなら、もうずいぶん前から空き家ですよ」

「空き家ですか」

そこへ山部和子がやってきた。

「あんた……」

「ああ、守、見つかったか？」

「村中、訊いて回ったんだけどね。ずっと電話にも出ないし」

薫は「雷が落ちた音とかじゃないんですか」と答えた少年を覚えていた。

「守くんって、あの？　どれくらい連絡取れないんですか？」

「もう半日くらい」不安げな表情で和子が答えた。「村の消防団の人にもさっき相談したんだけどね」

半日というと、薫たちが襲撃されてからも同じくらいの時間が経っている。

「またあいつらじゃないだろうな」

山部の言葉を、薫が聞き咎めた。

「あいつら？」

「守は昔、学校の不良グループに山に連れて行かれたことがあって。それ以来、家から出なくなって……」

山部の説明を、和子が心配そうに補足した。

「気の弱い子なんで、昔からいじめられやすいっていうか……」

「俺も捜してきますよ」

目に強い意志を宿す薫に、山部が言った。

「いや、でも、同僚の方と待ち合わせてるんじゃ？」

「来たら、応援は呼んでおいたからって伝えてもらっていいですか？」

そう言い残し、薫は出ていった。

四

右京は享に聞いた御堂にやってきた。御堂のそばには空き地があり、地面に直径一メートルを超える穴が開いていた。深さは五十センチほどだろうか。穴の内部や周囲の石、草などが焦げて黒くなっている。右京は穴の中から黒焦げになった機械部品のようなものを拾い上げた。

「大きな音の出どころはこれですか……」

右京は御堂の格子戸を開け、中に入ってみた。祭壇のようなところに白い布が四枚、かけてあるのが目についた。いずれも享に見せてもらったものと同じ形状だった。

そのとき、御堂の外で人の気配がした。外に出ると、四十代後半くらいの男がスマホを手に、ゆっくりとした足取りで御堂の周りを歩いていた。

追手は男三人とひとりの女だった。女が男たちに話しかけた。

「隊長は今どこに？」

男のひとりが言った。

「たぶんまた御堂に行ったんじゃ……」

「連絡してみよう」

　別の男がスマホを取り出した。

　御堂では、右京が背後から男に声をかけていた。

「どちらさまでしょう？」

　男が不機嫌そうに振り返る。

「人に名前を訊くなら、まず自分から名乗るのが礼儀でしょ」

「ごもっとも。大変失礼しました。僕は杉下」

「杉下さん」

「ええ、右京です」

　男は名乗らず、関心なさそうにスマホに目を落とした。


　隊長に連絡した男が言った。

「返事が来ました」

「なんて？」女が訊く。

「それが今、一緒にいるって。ＧＰＳで居場所知らせてきてます」

「行くぞ」

　年長の男が言った。

薫は山道を捜し回り、古いトンネルのところで山部守を見つけた。

「君！　守くんだよね？　俺、ほら、今朝でかい音の話で行った。覚えてる？」

守が小さくうなずいたので、薫は安堵した。

「とにかくよかった。家の人、心配してるから帰ろう」


右京はスマホを見つめる男に穴を見せた。

「これを見てください。土や葉っぱが焼け焦げています。まるでなにかを爆破したような穴です」

「爆破？」

無表情に訊き返す男に、右京が推理をぶつけた。

「ここならば、山火事になる心配はありません。テストしたんじゃありませんかねえ。実際に犯行に使う前に」

「なにを言っているのかよくわかりませんが、ここがテロリストのアジトだとでも？」

「そこへあなたがやって来た。というよりも……戻ってきたという可能性もあります」

「どういう意味です？　俺がそのテロリストの一味だと？」

「違いますか？」

右京がストレートに疑念をぶつけた。

「冗談じゃない」男が憤然とした顔になる。「こっちは人助けで来てるのに」

「人助けといいますと？」

「孫が帰ってこないから捜してほしいって頼まれたんですよ。久里坂村の消防団に入ってる関係で。なのに犯罪者呼ばわりされるなんて」

右京はまだ男を信じていなかった。

「その子の名前は？」

「山部さんちの守くん」

「年齢」

「十八」

「高校生ですか？」

「いえ、入学して三カ月でやめたみたいです。両親が離婚して、おじいさん、おばあさんに引き取られてるらしいんですが、家に閉じこもって、ネットばっかりしてるって」

「そんな子がどうしてこんなところにいると思いました？」

「村の中を捜してたら、山に行くのを見たって話があったんで」

矢継ぎ早の質問に男がスラスラと答えると、右京が申し出た。

「携帯電話をお借りできますか？」

「どうしてですか？」

「職場に連絡したいのですが、携帯電話をなくしてしまって。ああ、ちなみに職場というのは警視庁です」

「警視庁？」

「よろしければ」

「もちろん。どうぞ」

男がスマホを差し出した。

「どうも。もし差し支えなければお名前も」

「冠城です」

男が、甲斐亨の次の相棒と同じ決してありふれていない苗字であることを知り、右京は目を丸くした。

「おやおや」

「なんです？」

「あっ、いえ、こちらの話」右京はごまかして電話をかけたが、通じなかった。「残念ながら繋がらないようですねえ」

「ああ、さすがに山の上ですからね。あっ、別にそれがわかってたから渡したわけじゃないですよ」

「わかっています」右京が打ち明ける。「その子なら、僕も今朝会いました」

「なんだ。じゃあ、名前聞いた時点でわかってたんじゃないですか。試してたんですか?」

「ええ」右京が認める。「念のためでした。申し訳ありません。守くん、こちらも見つけたら保護しますので。では」

立ち去ろうとする右京を、冠城が呼び止める。

「さっき、なんか俺の名前に反応してましたけど」

「偶然、前の同僚と同じ名前だったものですから。どうも今日は妙な一日でして」

「へえ、そりゃ奇遇ですね。実は俺もあなたと話してて、なぜか前の上司のことを思い出してたんです。長く一緒にいましてね。その人、今は?」

「新しい職場に行ってからは会っていませんが、変わらず心の赴(おもむ)くままにやってると思いますよ」

「会ってないのにわかるもんですか?」

「長く一緒にいましたから」

右京が冠城と同じようなことを言った。

五

薫は山部家に向かいながら、守に話しかけていた。

「じゃあ、本当に散歩をしてただけなんだな？」

「すみません。電話に気づかなくて」

「いやいや」そのとき薫は、守の左の手首にためらい傷の痕が二本残っているのに気づいた。「その傷……」

　表情を硬くして手首を隠す守に、薫が語りかけた。

「そうは見えないだろうけど、俺、長いこと、学校の先生やってたんだよ。いろんな境遇の生徒たちの話、聞いてきた。もしよかったら、少し話聞かせてくれねえか？　いや、話すとさ、なんかこう楽にな……」

　話しながら目を前方に転じた薫は、道の先に三人の男とひとりの女がいるのに気づいた。そのうちのひとりの男が、守に手を振った。

「どういうことだ？」

　守が目を伏せてスマホを見たので、薫が手首をつかんで手繰り寄せた。そして守の掌中のスマホの画面を見ると、薫の写真が現れた。メッセージアプリで送られたようで、「今、一緒にいます」というメッセージも添えられていた。守のハンドルネームは「隊長」となっていた。それに対して、「ジェスター」という名の人物が、「今すぐ向かう」と返信していた。

　瞬時に事情を察した薫は、前方の男女がこちらに走ってくるのを見て、踵を返して逃げ出した。

　薫は林の中に身を潜め、追手をやり過ごした。

　ホッとして道に出た薫は、背後に人の気配を感じてゾッとした。振り向くと上司が立っていた。

「右京さん！　なんでここに？　山下りたんじゃなかったんですか？」

「そのつもりでしたが、途中でいろいろ手掛かりがつかめたもので」

「相変わらずマイペースですね」

「我々を監禁していた連中ですが、爆発物を持っている可能性が高いです」

「爆発物？」

「この山の御堂近くでテストをしていた痕跡がありました」

「じゃあ、課長が言ってたでかい音って……」

「ええ、その爆破音だと思います。亀山くん、場所を変えましょう」

　右京の提案で、ふたりは道から外れた大きな岩陰に隠れた。そこで右京が訊いた。

「ところで、君こそ下山して応援を呼ぶのではなかったのですか？」

「いやいや、ちゃんと下山して伊丹には連絡しましたよ。でも、聞き込みに行った家にいた男の子、覚えてません？　あの子が出ていったきり帰ってこないと聞いて。で、見つけたには見つけたんですが、あいつらと、お互い知ってたみたいで」

「つまり、あの連中の仲間だったと?」

「嫌々、一緒にいさせられているのかも。学校でもいろいろあったらしいですし、手首にためらい傷まであって。ただそいつら、どう見ても同級生には見えなかったんすよね。お互い、妙な名前で呼び合ってたし」

「ネット上でのハンドルネームでしょうね。守くんは学校に行かなくなって以来、ネットにのめり込んでいたそうですし」右京はそう言って、御堂から拝借してきた白い布を取り出した。「これ、彼らが身につけていたもののようです。ネット上で知り合った者同士が初めて会うための目印だったとしたら、合点がいきます。君、これがなんだかわかりますか?」

「いえ、なんすか? これ」

「面布(めんぷ)といって、死者の顔にかける布です。御堂に供えてありました」

「面布……」

右京はすでに推理をまとめていた。

「こう考えるのはどうでしょう。自らを傷つけるほど思い詰めていた守くんは、インターネットを通じて、自分と似た境遇の仲間と知り合った。実際に会うことになり、どうやって死ぬかを決めた」

薫が右京の話の先を読む。

「それが爆弾でってわけですか？　いや、なんでそんな……」

「君の言うとおり、自殺の手段としてはいささか過剰です。ましてや予行演習までしている」

「右京さん、ってことは、もうすぐ実行されるかもしれないってことじゃないですか！」

「ええ。一刻も早く止めなければなりません。問題は、彼らのアジトはどこか、です」

と、薫が閃（ひらめ）いた。

「あっ！　下山の途中で見たんですけど、閉鎖中のキャンプ場じゃないかと思います」

「その場所わかりますか？」

「はい。目印に枝を折りながら戻ったんで、わかると思います」

「君、お手柄です。行きましょう」


ふたりは折られた枝をたどってキャンプ場に戻った。管理棟に入ると、さっきまで人がいた形跡が残っていたが、今はもぬけの殻（から）だった。

「誰もいませんね」

右京の言葉に、薫が焦る。

「やばいっすよ。もう実行に向かっちゃったんじゃないですか？」

　そのとき、三人の男とひとりの女が戸口に現れ、特命係のふたりを追い詰めるように管理棟の中に入ってきた。

　薫が緊迫した表情で叫んだ。

「馬鹿なまねはやめろ！　爆弾、どこだ？」

「違うんです」女が言った。「おっしゃるとおり、私たちは死ぬために集まりました」

　年長の男も口を開いた。

「どうやって死のうかって話し合って、じゃあみんなでバスに乗って爆弾で死のうって」

　再び女が話の主導権を握った。

「でもみんなで準備してる間に、いろいろ話をして……。この人たちならわかり合える。そう思ったらどうしてか、死にたかった気持ちが少し和らいだんです」

　右京が彼らの心情に理解を示した。

「死ぬために集まった者同士だからこそ、真に共感し合えた。初めて仲間を得たことで死ぬ決意が揺らいだんですね」

「皮肉な話だな」薫がつぶやく。

　今度は長髪の男が言った。

「だけど……隊長だけは意志が固くって」

「そのとき、なんで止めなかったんだ！」

叱責する薫に、年長の男が反論した。

「止める資格があったんでしょうか。途中で心変わりしたのは僕らのほうなのに」

「そんなとき、我々警察が来た」

右京が先を促すと、長髪の男が応じた。

「計画がバレたのかもって。だから先回りして、あなたたちを監禁しました。でもあなたたちにも逃げられてしまって……」

「けど、もしかしたらそのおかげで、彼も思いとどまってくれるんじゃないかと」

年長の男の言葉を受け、女が訴える。

「本当はそうしてほしいんです」

「守くんは、今どこに？」

右京が質問したとき、それまで黙っていた男のスマホが鳴った。

「今、これが……」

男がスマホを右京と薫に見せる。メッセージアプリに「隊長」からのメッセージが表示されていた。

――これからバスに乗ります。さよなら。

「おいおい！」薫の頰が強張（こわば）った。

「爆破するつもりだったのはどのバスですか？」

緊迫した声で右京が問うと、女が答えた。

「四時に〈久里坂村〉のバス停を通るバスです。途中、〈多良伊橋(たらい)〉を通るんですけど、そこでスイッチを押すつもりでした」

薫が腕時計を確認する。時刻は四時一分になっていた。

「えっ、四時ってもう……」

右京は〈猿峨見山登山口〉のバス停の時刻表を覚えていた。

「そのバスなら、この山の登山口のバス停を通るはずです。まだ間に合うかもしれません。皆さん、もう二度と命を粗末にするようなことをしてはいけませんよ」

「わかったな！」

薫が強い語勢で釘を刺すと、元自殺志願者たちはうなだれながらうなずいた。

「行きましょう」

右京が管理棟を飛び出し、薫がそれを追った。

六

右京と薫が〈猿峨見山登山口〉のバス停に駆けつけたとき、バス到着時刻を二分過ぎていた。

「クソッ、タッチの差で到着時刻過ぎちゃってますよ」

薫が泣きそうな声で告げたとき、予定より遅れたバスがカーブを曲がって姿を現した。

「亀山くん」

「あっ、あれだ！」

ふたりが乗り込むと、守は後方のふたりがけシートに座っていた。他に数人の村人が乗っていたが、ちょうど守の前後のシートは空いていた。薫が守の後ろに、右京が前に座る。

バスが発車すると、守が小声で警告した。

「このバスは危険ですよ」

守が手を膝の上のかばんに突っ込むと、薫が応じた。

「ああ、わかってる。そのかばんになにが入ってるのかも」

「一緒に死んでくれるんですか？」

「その気はありません」右京が静かに、しかしゆるぎない声で言った。「他の乗客を巻き添えにするわけにはいきませんから」

「指一本でも僕に触れたら、その瞬間スイッチを押します」

「〈多良伊橋〉を通過するタイミングでスイッチを押す計画」右京が腕時計に目を落とした。「だとすると、我々に残された説得の時間はあと五分ほどというところでしょうか」

「どうしてこんなことを？」薫が守に問う。「学校になじめなかったからか？」

「いいえ。どうしてなんでしょうね。ただ生きていたくないんですよ。僕が住んでる村は、三人にひとりが老人です。月々の生活費と病院代で、収入の大半が消えていく。この先、生きれば生きるほど、悪くなっていくのがわかりきってる。だったら、できるだけ早く終わったほうがいいじゃないですか」

守の述べる悲観的な見通しを、薫が否定しようとした。

「悪くなっていくなんて決まってないだろ。それは君次第で……」

「適当なこと言って、あなたたち大人の都合で頑張らせようとするのはやめてください。こんな負けが見えてる、奪われるだけのゲームに付き合う気はないです」

「集まった他のみんなは踏みとどまったんだろ」

「弱者同士が哀れみ合って、一時的に錯覚しただけですよ」

「なぜ他人を巻き込むのですか？」

右京が質問の切り口を変えると、守は手首のためらい傷を見せた。

「ひとりじゃなかなか死ねないんで。他の人を巻き込めば、死に損ねても死刑になれるでしょう？」

薫はバスの前方に座る四、五人の乗客を見やった。

「頼む。あの人たちのこと、考えてくれ」

「僕が死のうが生きようが、誰もなにも思わない。なのになんで僕だけ、他人のことを考えなくちゃならないんです？　人間はもともとひとり。僕の終わりは世界の終わり。だったら最後はどうしたっていいじゃないですか」

「そんなはずない！」薫が力強く断じた。「俺は今、君に死んでほしくないと思ってる。君だって本当は、ここにいる人たちを死なせたいなんて思ってないはずだ。誰もひとりきりの世界なんて望んでない。誰かの役に立って喜んでもらうことが自分の喜びにもなる。人間同士ってのは助け合って、支え合うもんなんだよ」

「そんな使い古された言葉で……」

薫が遮（さえぎ）った。

「使い古されてるのは、それが本当のことだからだ。俺な、長い間よその国に行ってたんだ。この国で学んだ正義っていうやつを教えに行ってた。けど、今じゃこの国のほうがおかしくなっちまってる。みんな、ひとりになって、自分のことだけ考えて、そのせいでお互いに傷つけ合ってる。俺はなんとかしたいと思ってる。何度でも言うぞ。君はひとりじゃない。一緒に生きてくれ」

守が薫の言葉を嚙（か）みしめた。その間に、バスは〈多良伊橋〉を通過した。右京が言った。

「今、バスは計画の場所を通り過ぎました。スイッチを押すのは、もう今でなくともいいのではありませんか？　幸い、あなたは誰の命も、自分の命も奪っていません。我々と一緒にバスを降りて、もう少し考えてみませんか？」

守はかばんの中から手を抜き出して、目を伏せた。


バスの終点の〈西奥多摩駅〉では伊丹憲一と、その後輩の芹沢慶二、出雲麗音が待っていた。降りてきた薫が、守のかばんを芹沢に渡した。

「気をつけて」

右京は守を麗音に預けた。

「では、お願いします」

守は一瞬顔を上げて特命係のふたりを見つめ、おとなしく麗音に連れられていった。

「遅えんだよ」

薫が悪態をつくと、宿命のライバルの伊丹は「ったく、無茶しやがって」と返し、後輩たちを追った。

「君が日本を離れている間、どんなふうに生きていたか、少しだけわかったような気がしました」

右京の言葉に、薫が照れ臭そうに笑った。

「いや、恥ずかしいっすね。あんな偉そうなこと言っちゃって」

「ああ、これ落としてましたよ」

右京が小さな黒っぽいものをポンと投げた。薫が受け取ると、それは閉じた松ぼっくりだった。

「俺が正義を学んだのは、右京さんからです」

「君がそんなことを言ってくれるとは」

「右京さんはよかったですか？　俺とまた一緒に……」

「そうですねえ、君との再会は……運命だと思っています」

薫が湧き上がる喜びを嚙み締める。

「右京さん」

右京が薫のほうへ一歩近づいた。

「亀山くん」


「……山くん。亀山くん」

右京の声で薫が目を覚ます。そこは家庭料理〈こてまり〉のカウンター席だった。

女将（おかみ）の小手鞠こと小出茉莉が微笑（ほほえ）みながら、コップを差し出す。

「はい、お水どうぞ」

「えっ？」

隣には妻の美和子が座っていた。

「もう、飲みすぎ」

薫がようやく状況を理解した。

「えっ、寝てた？」

「寝てたよ」

「うわっ。山、走り回ったからなあ」薫が酔い醒ましの水をゴクリと飲んだ。「でも不思議なこともあるもんですね。山で出会った人たちが、歴代の相棒と同じ名前だったなんて」

右京が怪訝な顔になる。

「おや、なんのことでしょう。山で出会った人たちが、歴代の相棒と同じ名前って……。君、夢でも見てたんじゃありませんか？」

「あっ、夢か。そりゃそうっすよね。すみません。あれ？　じゃあ、最後に言ってくださった言葉は……」

「僕、なにか言いましたか？」

「いえ、なんでもないです」

カウンターの中で小手鞠が笑う。

「あらあら、夢うつつとはまさにこのことですね」

美和子が焼き鳥を食べながら言う。

「まだ寝ぼけてるんですよ」

右京が猪口(ちょこ)を口に運んだ。

「考えてみれば、過去の記憶も夢同様、とらえどころのないものです。そう考えると、まあ人生そのものが夢みたいなものかもしれませんがね」

「なるほどね。あれ？」

薫はズボンのポケットになにかが入っているのに気づき、取り出した。それは松ぼっくりで、笠が開いていた。

美和子がのぞき込む。

「なに？　こんなの持ってきちゃって」

右京も視線を向けた。

「〈猿峨見山〉の松ぼっくり、ようやく開いたようですねえ」

「じゃあ、あのときの言葉、夢じゃなかったんですよね？」

「はい？」

右京が曖昧な笑みを相棒に向けた。

第十九話
13

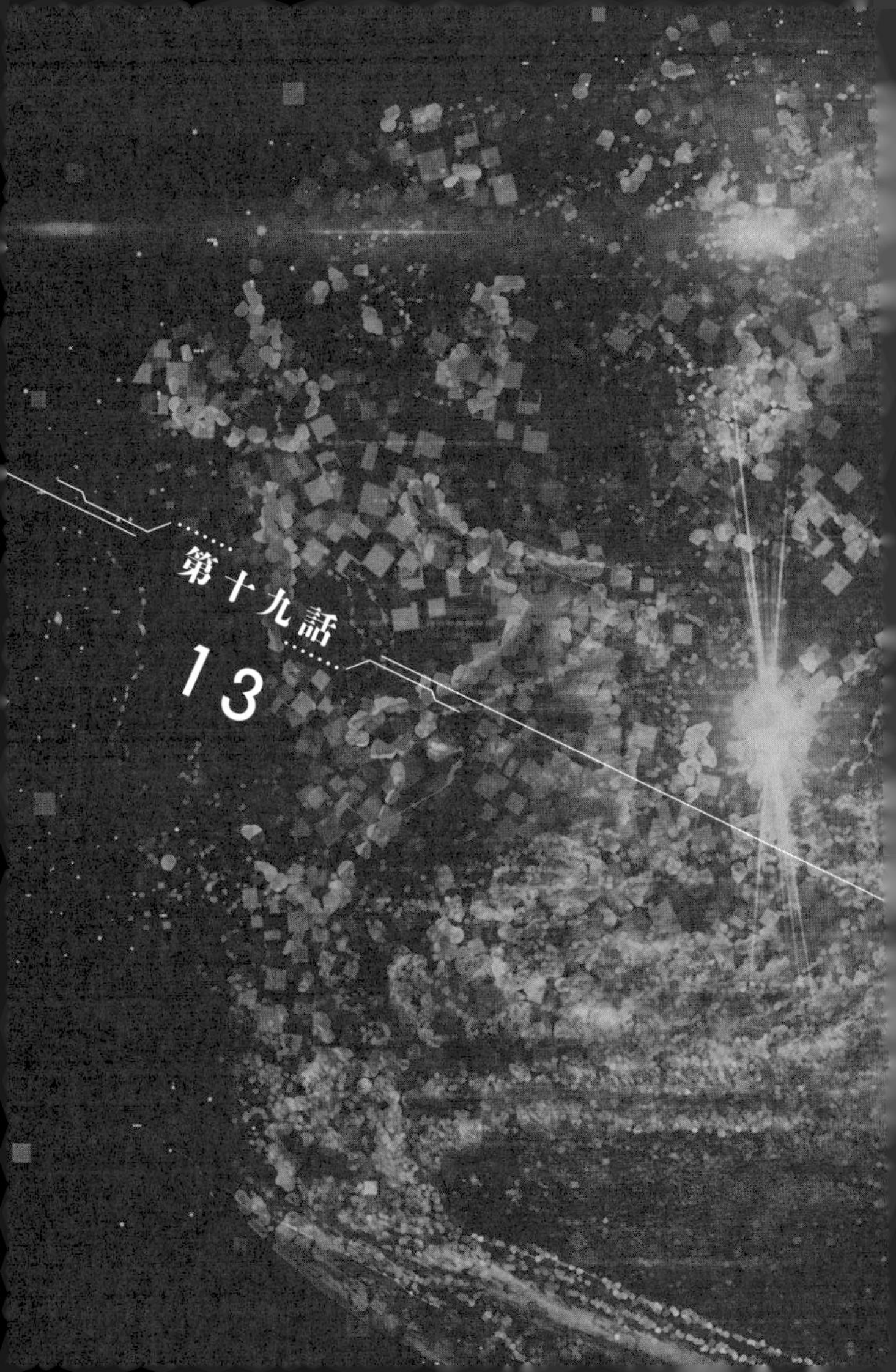

一

昨年の十月のこと——。

警視庁特命係の亀山薫は上司の杉下右京、妻の亀山美和子とともに墓参りに来ていた。

右京は水を汲んだ手桶を提げて、墓への石段を登っていた。

「故郷は群馬ですが、大学入学で上京してからはずっと東京。もちろん若い時分は全国各地を赴任して回ったようですが……」

薫はお供えの花を胸に抱えていた。

「警察官僚ですからね」

美和子が昔を懐かしむ。

「私たちが初めて会った頃はもう東京に定着してたよね」

「うん」

「次男坊ということもあり、故郷に戻る気はなく、生前ここに墓所を購入なさっていたようですねえ。あっ、ここです」

右京が事情を明らかにしたとき、三人は小野田公顕の墓に到着した。薫が刻まれた墓碑銘に目を向けた。

「融通無碍（むげ）……」

「その言葉はご子息が選んだそうですよ」

右京の説明を聞き、薫は懐かしむような眼差しを墓石に向けた。

「言い得て妙」

「人となりを端的に表してるね」

美和子も墓石に目をやって微笑（ほほえ）む。

「ではごゆっくり。積もる話もあるでしょうからね。僕は向こうで」

右京が場を外すと、薫と美和子は墓前に花を供え、手を合わせた。警察庁長官官房室長で、通称「官房長」で通っていた小野田公顕と、当時特命係にいた右京と薫はなにかと深い縁があった。当時新聞記者をしていた美和子も少なからずかかわりを持っていた。

「官房長。亀山薫、戻りました」

「美和子です。ご無沙汰しておりました。まさか、こんな形での再会になるなんて夢にも……」

それから五カ月が経った三月、小野田家を含む十三の家に郵便物が届けられた。埼玉県長瀞町（ながとろまち）にある真野（まの）家にもそれは届けられ、郵便受けをのぞいて最初にそれに気づいたのはひとり息子で中学一年生の正義（ジャスティス）だった。

正義はそれを郵便受けから引っ張り出し、母親の亜沙子に報告した。

「母ちゃーん！　13からなんか届いてるぞ！」

亜沙子は怪訝そうに郵便物を受け取った。差出人の住所、氏名欄には、ただ「13」と印刷されたシールが貼ってあるだけだった。亜沙子が封を開けると、ケースに収まったDVDが現れた。正義がそれを奪い取り、パソコンで再生した。

すると奇妙な映像が流れはじめた。

背景に日の丸の旗が掲げられた真っ暗な部屋に長机が置かれ、そこに骨壺が並べられていた。暗い空間の中にまるでそれ自身が人骨であるかのように不気味に浮かび上がる骨壺は、全部で十三個あった。

と、ボイスチェンジャーを通したくぐもった声が流れてきた。

「この十三名は団塊だ。日本を再生不能にした戦犯だ。日本の未来を奪って逃げ切った世代だ」

鉢巻きを締めた羽織袴姿の男が画面に現れ、大きな木槌を振り上げた。

「驚愕ですよ、驚愕！」

翌朝、特命係の小部屋では、薫が右京に言い立てていた。右京は気にするでもなく優雅な手つきで高く掲げたティーポットからカップに紅茶を注いだ。薫が続けた。

「いや、官房長が亡くなってたってことも驚愕でしたけども、それを上回る驚愕に今、見舞われました。見てましたよね？　去年、俺らが官房長の墓に手を合わせてたの」

「ええ」右京は紅茶にミルクを加えてスプーンでかき混ぜた。

「あえてお訊きしますけども、どんなお気持ちだったんですか？」

「申し訳ない思いと、忸怩たる思いとがない交ぜになった、いわく言い難い気持ちとでも申しましょうか……」

持って回った右京の言い草に、薫は苦笑するしかなかった。

「とにかく美和子と俺は、あの日官房長のいない墓に手を合わせてたわけですよね？」

「結果、そうなりますねえ」

そう言って、右京は紅茶をすすった。

「そうなりますねって……」

「ひとつ」カップをソーサーに戻すと、右京は右手の人差し指を立てた。「仏教的には遺骨などという概念はなく、お骨は単なる抜け殻にすぎません」

「だから？」

「お墓に故人の骨があろうとなかろうと、君たちの哀悼の意をなんら妨げるものではありませんよ」

「そんなのが慰めになるとでも⁉」

「まあ、君が怒るのも無理ありませんがね」

「怒りますよ！　怒って当たり前でしょ！　ああ、築き上げてきた信頼関係が今、ガラガラと音を立てて崩れ去っていく。耳の奥で音が、ガラガラガラガラと……」

薫が頭を抱えて床にくずおれたところへ、組織犯罪対策部薬物銃器対策課長の角田六郎がマイマグカップを片手に入ってきた。

「暇か？」

「暇なんかじゃありませんよ！」薫は立ち上がり、角田に向き合った。「課長もグルになって俺をだましてたわけですよね！」

「えっ？」

「官房長ですよ。お骨！　盗まれてたってこと、ずっと隠してたでしょ！」

「話したのか」角田が声を潜めて右京に訊いた。

「ついに犯人からアプローチがありましたからねえ。僕もこれ以上、おとなしくしていられませんから」

「ああ、ガラガラ……」薫が再び頭を抱えた。

警視庁の会議室には幹部が集められ、プロジェクターで、小野田家に届けられたＤＶＤが再生されていた。

　ボイスチェンジャーの声が響く。

「この十三名は団塊だ。日本を再生不能にした戦犯だ。日本の未来を奪って逃げ切った世代だ。だが逃げ得は許さない。無作為に選んだこの十三名を我々は糾弾し、いずれ処刑する。こんなふうにだ」

　羽織袴姿の男が木槌を振り下ろし、次々に骨壺を粉砕した。壊れた骨壺のあとに青い炎が浮かんだ。

　サイバーセキュリティ対策本部特別捜査官の土師太が居並ぶ幹部たちに説明した。

「ＡＩで加工された映像のようです。実際に撮影した映像にＡＩ技術で加工を施す。今はソフトがあればわりと簡単にできます。皆さんでもその気になればできますよ」

「一斉に被害者宅へ送られてきたのか？」

　副総監の衣笠藤治（きぬがさとうじ）の質問に、参事官の中園照生が答えた。

「そのようです」

「一種のデモ映像だな。つまりまだ遺骨は無事と考えていいんだな？」

「おそらく……」

「犯人の狙いはなんだ？」

「今のところ、明確にはわかりかねますが、この流れから推察しますに金銭の要求の可能性が……」

中園がしどろもどろになると、衣笠が険しい顔で言った。

「ダラダラダラダラ！」

「申し訳ありません！」中園が深く腰を折る。

「そうじゃない。犯人だよ。昨年春から断続的に全国規模の遺骨盗難をしておきながら、年をまたぐと今日の今日までなんの音沙汰もなく、ようやく仕掛けてきたかと思えば、この処刑と称するけったいな映像。なんだかんだ一年がかりでダラダラと……。金なら金でとっとと要求してこい！」

その発言を刑事部長の内村完爾が聞き咎めた。

「衣笠副総監」

「なんだね、内村刑事部長？」

「今のはおよそ副総監の発言とは思えませんな」

「あっそ！」衣笠は知らぬ顔を決め込んだ。


『TOKYO TOPICS』編集部では、編集長の高室尚郁が美和子にこの映像を見せていた。

「編集部宛てに送られてきたんですか？」

映像を見終わった美和子が訊くと、高室はにんまりした。

「うん。まあ、うちなんかに送りつけてくるってことは、大袈裟に騒いでおおごとにしてくれってことだとは思うけど」

「私にその片棒を担げと？」

「当たり。精一杯、太鼓たたいて笛吹いてね。なーんてね、そんなつまらないこと亀山さんに頼んだりしないよ。これ見て」

高室は真面目な顔になり、再び映像を再生した。

「骨壺。数、十三個あるでしょ」


その夜、美和子は自宅のリビングでコーヒーを淹れながら、夫に疑問をぶつけていた。

「だって全国で盗難は十二件だったよね？　なのに骨壺は十三個。ひとつ多い」

「うん。その理由、知りたいか？」

「え？　薫ちゃん、知ってるの？」

「俺を誰だと思ってるんだよ。警視庁の亀山薫だぞ」

「いや、待って。なんか事情があるんだったらさ、あんまり軽々しく言わないほうがいいんじゃないの？」

慎重な態度の美和子を、薫がけしかけた。

「腐ってもジャーナリストが極秘情報を前にしてビビってどうする！」

美和子がため息をついて、薫の前に座る。

「私、聞いたら書くよ。遠慮しないよ。だけどさ、それで薫ちゃんの立場が悪くなるようなことがあったら困るじゃん」

「いや、書け。じゃんじゃん書け。遠慮なんかいらねえ！」薫は憤慨していた。「遺骨盗難事件、一件だけずっと隠してたんだよ、世間に。いや、世間だけじゃない。この俺にも」

「一件だけ隠してた？」

「官房長の遺骨が盗まれたこと、隠してたんだよ！」

「はあ⁉」美和子が目を丸くした。「官房長の？　盗まれたっていつよ？」

「去年の七月だってさ」

「去年の七月って……じゃあ、十月に私たちがお墓参りに行ったとき……」

「もうもぬけの殻。世間に隠すのはわかる。まあ、いろいろ事情もあるんだろう。けど、俺にも隠すってどうよ。警視庁全員で結託してさ。右京さんまで率先して俺をだましてたんだぞ」

その頃、右京はひとり家庭料理〈こてまり〉で猪口(ちょこ)を傾けながら、昨年の十月、警察庁長官官房付の甲斐峯秋(みねあき)から因果を含められたときのことを思い返していた。

峯秋は言ったものだ。

「事実を知れば、亀山くんは怒るだろうね。常に傍にいながら、嘘を吐き通すおまえの身になると気の毒とは思うが、正直まだ事件の全容がつかめない状況だからな」

右京はうなずいた。

「九月以降、盗難は起きておらず、もっか盗難件数は十一件で止まっていますが、ここで終わるのか、あるいはまだ続くのか、見当がつきませんからね。犯人の目的も含めて」

「当局は、小野田さんの遺骨盗難は当分伏せておく方針だからね。遺骨盗難を亀山くんが知ったら、じっとしてはいないだろう」

「僕と同様、亀山くんも官房長とはいろいろありましたからねえ」

「頭に血が上って、暴走しないとも限らない。直情型というのは彼の長所でもあり、短所でもあるからね」

右京はそのときに峯秋が浮かべた困惑の表情を思い返しながら、猪口を空けた。


亀山家のリビングでは、美和子が気を取り直して思考を巡らせていた。

「でもさ、薫ちゃんに隠しながら、右京さん、こっそりこの事件のこと、調べてたのかしら？」

「えっ？」薫はその考えを失念していた。

「だってさ、官房長の遺骨盗まれちゃったら黙ってられないでしょ、右京さんだって。

官房長とは私たちより何倍も因縁があるわけだから」

「だろ？　そう思うよな？　けど俺、帰国してから、ずっと右京さんと一緒だったぞ。俺の目を盗んで捜査するなんて無理だ」

「いや」美和子がすぐさま否定した。「薫ちゃんの目を盗むのは赤子の手をひねるようなもんなんじゃないかな、右京さんからしたら」

「ん？　なに？」

「あの右京さんがね、去年からずっとただ手をこまぬいていたとは思えないわけよ」

「そりゃそうか」薫は思い直した。

〈こてまり〉の引き戸を開けて入ってきた新しい客を、女将の小手鞠こと小出茉梨が明るい声で迎えた。

「いらっしゃいませ。あら！」

入ってきたのは、警察学校教官の米沢守だった。

「どうも」

米沢はカウンターの角をはさんで右京の隣に座り、軽く猪口を合わせ、唇を湿らせてから口を開いた。

「そうですか。やはりお怒りでしょうな、亀山さんからしてみたら」

「お詫びの印に今夜はおごると申し出たのですがね、けんもほろろに断られました」

「杉下警部は当初から、犯人は遺骨を擬人化しており、この事件は身代金目的の誘拐事件に匹敵するものだとおっしゃっていましたが、どうやらその線が濃厚。さすがです」

「図らずも官房長の遺骨盗難の第一発見者になってしまったおかげですよ……」

それは右京が昨年の七月に小野田の墓参りに行ったときのことだった。花束を抱えて墓前に行くと、「小野田公顕は預かった 13」と印字された紙が墓石に貼られていたのだ。すぐに住職を呼んでカロートを確認したところ、骨壺が紛失していることが判明した。

「……犯人が残したと思われる犯行声明は『小野田公顕は預かった』。遺骨を持ち去ったというよりも人さらいのような文言でした。しかも『預かった』とある以上、そこには返す意思が見られますからねえ。無論わざわざさらったものをタダで返すはずはないので」

「いくら要求してくるつもりでしょうか？」

米沢の下世話な質問に反応したのは、意外にも小手鞠だった。

「しょせん骨ですからね」

「はい？」右京が興味を示す。

「仏舎利(ぶっしゃり)というなら話は別ですけど、遺骨という名の骨に犯人がどんな値付けをしたのか、ちょっとだけ興味があります。すみません、横から変なこと」

するとと引き戸が開いて、次の客が入ってきた。

「いらっしゃいませ。あら！　今日はお見えにならないのかと」小手鞠は客を迎え、身を乗り出して右京に耳打ちした。「いらっしゃいましたよ」

「そのようですねえ」

扉を開けた薫は米沢がいたことに一瞬驚いたが、すぐに仏頂面に戻って米沢の隣に座る。

「やっぱり気が変わりました。ご馳走になろうかと。小手鞠さん、じゃんじゃん持ってきてください」

「あら。なにをじゃんじゃんお持ちしましょうか？」

「なんでもいいから、じゃんじゃん」

「かしこまりました」

小手鞠が奥に下がると、米沢が挨拶した。

「亀山さん、どうも」

「米沢さんとは去年俺が帰国したとき、しっかりご挨拶しましたよね。覚えてます？」

「感動の再会、忘れるものですか」

警察学校に挨拶に行った薫を、米沢は満面の笑みで迎えたのだった。大袈裟にハグする薫と米沢を見て、周りにいた警察学校の職員たちは少し引いていた。

「もちろんあのとき、官房長の遺骨のことはご存じでしたよね？　なのに、黙ってた」

「特にご質問はありませんでしたから」

「いや、質問したって黙ってたに違いない。右京さんから口止めされてた。そうでしょ？　いいや、それだけじゃない。右京さんに頼まれてこっそり捜査してましたよね？　入ってきたとき、わかりました。なるほど、官房長との因縁を考えても、米沢さんなら適任ですもんね。右京さんがずっとなにもしなかったなんて到底思えませんから」

押し黙る米沢に代わって、右京が答えた。

「はい、ご明察です。官房長との因縁もさることながら、米沢さんには鉄道マニアを見込んで調査をお願いしていました。なにしろ遺骨盗難が全国規模だったものですからね」

「この半年は休暇を利用しつつ、趣味と実益を兼ねて全国の犯行現場などを回っていました。はい、これです」

米沢がスマホを取り出して、各地の墓石の写真をスクロールしながら薫に見せた。

「米沢さんまでグルになって俺をだましてたなんて……」

「だましてたという意識は毛頭ありませんが」

「今夜だって、俺の目を盗んでふたりして」

右京が反論する。

「それは言い掛かりですね。誘ったのに断ったのは、君のほうじゃありませんか。なにを言うやら」

「亀山薫、人生最大の人間不信。もはや再起不能です。お邪魔しました」

立ち上がる薫を見て、奥から小鉢をいくつか運んできた小手鞠が目を丸くした。

「お帰りですか⁉　じゃんじゃん、どうします？」

「右京さんに責任取ってもらってください」

「ありがとうございました」小手鞠が笑いながら店から出ていく薫を見送った。「亀山さんって意外と駄々っ子ですね」

米沢が薫の個人情報を漏らす。

「ああ見えて坊ちゃん育ちですからな。新潟の老舗(しにせ)造り酒屋の跡取り息子です。上はお姉さんばっかりで甘やかされて育ってます」

「そうですか」

「大丈夫でしょうか、亀山さん」

気遣う米沢に、右京は微笑んだ。

「再起不能かもしれませんねえ。ひと晩くらいは」

その頃、警視庁の会議室に設けられた「警視庁埼玉他広域墳墓発掘および死体損壊事件捜査本部」では、大勢の捜査員を前に、中園が熱弁をふるっていた。

「被害者宅に一斉に送られてきた映像を予告ととらえれば、やはり当初から指摘されていたとおり、金銭要求が犯人の目的であると考えられる。近いうちに犯人から新たなアプローチがあるものと思われる」

同じ頃、長瀞の真野家では亜沙子と夫の寛晃が話し合っていた。

「身代金なんて……」

承服できないようすの寛晃を、亜沙子がなだめる。

「いや、そうと決まったわけじゃないのよ。ただその可能性があるって刑事さんが。だから要求があったらすぐに知らせてくれって」

「ったく、なんだよあの映像は。処刑？　遺骨叩き潰して、なにが処刑だよ。馬鹿言ってんじゃないよ！」

寛晃の怒りは収まらなかった。

亀山家のリビングでは、〈こてまり〉から帰ってきた薫がふて寝をしていた。

美和子がパソコンのキーを打つ手を止めた。

「薫ちゃん、寝るならベッド行きなよ」

「再起不能だって言ったろ」

動こうとしない薫を、美和子が持ち上げようとする。

「粗大ゴミで出しま～す！」

「よろしくお願いしま～す」

薫がびくともしないので、美和子はやれやれとパソコンに戻った。そして、雑誌に掲載するスクープ記事の続きを書きはじめた。

二

翌朝、〈ながとろ河童（かっぱ）塾〉の塾長、葛葉（くずは）宰三（さいぞう）は文机（ふづくえ）の上に置いたパソコンで『TOKYO TOPICS』の新着記事に目を通していた。亀山美和子の署名記事で、「警察庁元官房長小野田公顕の遺骨も盗難に遭っていた！」という見出しがついていた。

その朝、薫は右京の予想どおり、いたって元気に登庁した。組織犯罪対策部のフロアに入ってくるなり、角田に声をかける。

「課長、おはようございます」

やけにテンションの高い薫と対照的に、角田は素っ気なかった。

「おう」

薫がフロアの奥に設けられた特命係の小部屋に入り、名札を赤から黒に返そうとしていると、背後から「おはようございます」という声がした。

そこにいたスーツ姿の男が立ち上がり、右手を差し出した。

「はじめまして。神戸です。お目にかかりたいと思ってました」

「かんべ……あっ！」突然のことに面食らっていた薫は、目の前の男が自分の次に右京の相棒になった人物だと気づき、手を握り返した。「いや、こちらこそ！」

神戸尊は挨拶もそこそこに椅子に座ると、薫にも着座を求めた。

「さあどうぞ、お座りください」

「あ、失礼しまーす」薫は元気よく答えて座りながら、独り言ちた。「親近感すごいわ」

尊が本題を切り出した。

「初対面のご挨拶もそこそこになんですが、亀山さん、奥さまに余計な情報をリークなさったようですね」

「は？」

薫が首を傾げると、尊がスマホを操作して画面を見せた。

「亀山美和子さん、旧姓奥寺美和子さん、奥様でしょ？　今朝早くこんな記事を公開してくださいました」

尊のスマホに表示されているのが、美和子の書いた『TOKYO TOPICS』の記事だと悟り、薫が答えに窮する。

「ああ……」

尊が画面をスクロールすると、『TOKYO TOPICS』の編集部にも送られてきた例の動画がアップされていた。尊がわずかに顔をしかめた。

「腹いせに情報を漏らすなんて情けない」言い返せない薫に、尊は小言を浴びせた。「腹いせでしょ？　お見えになる前、課長からお話をうかがいました。亀山さん、ハブられたことにいたくご立腹だったとか」

薫が組織犯罪対策部のフロアを見やると、角田がこちらをのぞき込み、ばつが悪そうに笑っていた。そこへ、右京が入ってきた。

「おはようございます」

尊がすかさず立ち上がり、昔の上司に挨拶する。

「おはようございます。お邪魔してます」

「おや、珍しい方が」

「おはようございます」

薫も立ち上がって腰を折ると、右京が「再起動できたようですねえ」と言いつつ、自分の名札をひっくり返した。

「はい。あっ右京さん、俺のも返してください」

薫の名札も返して自席に向かう右京に、尊が話しかける。

「さて、さっそくですが、杉下さん」

「『TOKYO TOPICS』の記事の件で苦情ですか?」

「まあ、よくおわかりで」

「突然このタイミングで君が顔を見せる理由は、他に思い当たりませんからねえ」

特命係のあと、神戸尊は警察庁長官官房付の身分だった。右京が薫に訊いた。

「美和子さんに、きみが話したんですか」

「はい」

薫が悪びれずに答えると、尊が右京に補足した。

「仲間外れにされた腹いせだそうです」

「あえて否定しませんが、そもそもなんで隠してたんですか、官房長のことだけ」

「官房長は生きてるので。遺骨に注目が集まると具合が悪いんですよ」

「はあ?」

「死んだというのはフェイク。実は生きてるんですよ、さる場所で今も」

「マジで?」

奥で茶葉をポットに入れていた右京が、二代目相棒をたしなめた。

「神戸くん。からかうのはもうそのぐらいで」

「えっ、嘘なんですか、生きてるって」

右京が薫に向き直る。

「もし本当ならば、帰国したら官房長は死んでいた、お墓参りしたら遺骨は盗まれていたに続いて、トドメの驚愕がきみに襲いかかるところでしたね」

「失敬」尊が襟（えり）を正して、口を開く。「ではちゃんとご説明します。去年の初夏、官房長の年忌法要が営まれましたが、もう十三回忌ということもあって、ご家族ご親族のみ、内々（うちうち）での法要となりました」

右京が続いた。

「そこで僕は、法要の済んだ七月の下旬にお墓参りをしたのですが、図らずも遺骨盗難の第一発見者になってしまいました」

初耳の薫は驚いた。

「第一発見者⁉」

入口のところで部屋の中をうかがっていた角田が入ってきて、口をはさむ。

「思うに生前の官房長との因縁が、よほど深かったんだろうな、杉下は。この世に偶然などない。すべて必然だ」そして恨みがましい目を向ける薫に付言した。「怖い顔するな。おまえが腹立ててたって言ったのを、腹いせって悪意ある単語に変換したのは、神戸だからな」

尊が我関せずという顔で説明を再開する。

「当初、官房長の遺骨盗難は単独案件として捜査が開始されましたが、ご家族の強い要望もあり、事件については公表しませんでした」

それを角田が受ける。

「なにしろセンセーショナルな亡くなり方をされた方だからな。事件を公表したら、ご家族がマスコミの標的になるのは目に見えてる。世間に知らせるのは事件が解決してからで十分だろうという判断だった」

「ところが、ことはそれほど単純ではありませんでした」

「なんと、官房長の遺骨盗難より前にも、同様の盗難事件が発生していたことがわかったんだ」

「それまで県警ごと、単独案件として捜査してたのが、官房長の件がきっかけで、警察庁が事件を認知した結果です」

「当然、警視庁は捜査方針を一から見直すことになった。単独案件として見れば、官房長となんらかの接点を持つ者の犯行という線を中心に捜査を進めて然るべきだが、じつは事件が全国規模の複数の中の一件だったとなると、その見立ては通用しないからな」

尊と角田の交互の説明に薫がついてきているかどうか確認して、右京が訊いた。

「昨年末、警察庁が今回の一連の盗難を広域重要指定事件に準ずるものとしたことは、君も知っていますよね？」

「ええ」薫がうなずく。「全国で十二件発生中ってことでしたよね。官房長は隠されたままで、世間も俺もだまされてた」

右京は遺骨が盗難に遭った墓の写真を、次々とホワイトボードに貼った。

「実はご覧のとおりの十三件でした。一件目が埼玉。続いて千葉、神奈川とまず三件。季節は春に発生しています」

「はい、春に三件」薫が指を折る。

「そして夏。四件目の官房長の東京を皮切りに、長野、新潟、静岡、岐阜、滋賀、京都、広島と八件が発生しています。この時点で都合十一件」

「で、冬になって、二件追加ですよね」

薫の言葉に、右京がうなずく。

「ええ。福島と宮城ですね」

「犯人は確か数字の『13』って名乗ってるんですよね？　サーティーンって発音するのかもしれないですけど。遺骨盗難も十三件」

指摘する薫に、右京が補足した。

「さらに言えば、盗まれたのはすべて昨年十三回忌を迎えた遺骨ばかりです」

「つまり犯人には『13』に強いこだわりがある」

「ええ。そうとしか思えませんねえ」

右京が蒸らした紅茶をカップに注ぐ間に、尊が付け加えた。

「あと共通するのは、全員、団塊の世代だってこと」

「団塊の世代っていうと……」

「昭和二十二年から二十四年に生まれた人たちですね」

「その世代が日本をぶっ壊した戦犯だって罵倒してますもんね」薫が映像の内容に言及した。「あと気になることといえば……盗難発生が春、夏、冬と時間をあけて起きてることですよね」

右京が紅茶をすする。

「しかも最初の盗難から今回のアプローチまで、およそ一年がかり。このスピード感はなんなのでしょうね？」

突然尊が手を打った。

「さて、ここで問題です。環境的には杉下さんが心置きなく動けるようになった今、特命係に足りないものとはいったいなんでしょう？」

「上司の、部下に対する信頼」

薫の回答に、右京は苦笑した。

「クイズなんかしてる場合か？」角田が呆れる。「足りないものってなんだよ？」

「捜査権ですよ」

澄ました顔で答える尊に、右京は「はい？」と訊き返した。

長瀞の中学校では、三学期の修了式を迎えていた。終業のチャイムが鳴り、教室から生徒たちがはしゃぎながら出てくる。

「こらこら、走るな！　気をつけろ！」

注意する教師に、真野正義が「先生、さようなら」と軽く頭を下げた。

「はい、さようなら。休み入るからってハメ外すな」

「先生もな！」

正義の友人の横山叶夢（よこやまとむ）が返すと、周りにいた野口十海人（のぐちじゅうと）、小口魁（おぐちかい）、笹本望愛（ささもとみのり）たちが一斉に笑った。

明日からの春休みを前に、生徒たちは楽しそうだった。

右京は警視庁の廊下を歩きながら、薫に語っていた。

「各県警の捜査資料を検討してきましたが、遺骨を盗まれた十三の被害者宅に特別な繋（つな）がり、あるいは共通項などは見当たりませんでした。遺骨のご本人同士の関連もなし。職業もバラバラ。米沢さんが各地で集めてくれました」

右京から各県警の捜査資料のファイルを渡され、薫が質問した。

「で、どこから斬り込むつもりですか？」

「今、気になっているのは発送場所ですね」

「発送場所？」

「被害者宅十三軒と出版社五社に届いた合計十八通の郵便物の投函された場所です。まずはその場所の確認から」

「はい！」

真野亜沙子は〈ながとろ河童塾〉の葛葉宰三に野菜を届けた際、つい愚痴(ぐち)をこぼしていた。

「身代金？」

訊き返す葛葉に、亜沙子が浮かない顔で言った。

「刑事さんがそんなふうに……」

「今朝、ネットで記事になってて、僕も映像を見たけど、もしそうなったらまるで誘拐事件だな」

「主人も頭抱えてます。なんでうちなんかの遺骨が盗まれるんだか。お金目当てなら、もっと裕福なお宅がいくらだってあるでしょうに……」

そこで亜沙子は葛葉が返答に困っているのに気づいてハッとした。

「ごめんなさい。私ったら先生相手についい愚痴っちゃって」

両手に野菜を抱えて、葛葉が笑う。

「いくらでもどうぞ。毎度こうしてご厚意に甘えてばかりだ。それぐらいのこと……」


「特命係がなんでまた？」

捜査一課のフロアを訪れた中園の質問に、芹沢慶二がかしこまって答えた。

「たぶん、遺骨盗難事件の捜査だと」

「なに？」

「ついに犯人から被害者宅へのアプローチがありましたし、今朝がた、亀子が官房長の遺骨盗難を記事にしていたところを見ると、官房長の件、とうとうあの馬鹿にも打ち明けたのではないかと」

美和子のことを亀子と呼ぶ伊丹憲一の言葉を、芹沢が受ける。

「ってことは、杉下警部もいよいよ本格始動ってことでしょう。マークしてましたら案の定、動き出しました。でもまさか大空に飛び立つとは……」

「うーん」中園が唸る。「ていうか、おまえたち、なんで特命係をマークした？」

「遺骨盗難事件、正直手がかりが少なく、あまりにも進捗がないんで、ハイエナ作戦に打って出ました」

麗音の口から飛び出した予想外の言葉を、中園が訊き返す。

「ハイエナ？」

「特命係の手柄を横取りする。我々の伝統芸ですよね。彼らなら、なんかつかむんじゃないかって」

目を丸くする中園に、芹沢が説明した。

「朱に交われば赤くなる。おぼこかった出雲もすっかり成長しました」

「しかし、特命係がそう簡単に航空隊のヘリを使えんだろう？」

「尊が現れたんですよ」

伊丹の言葉の意味が、中園には伝わらなかった。

「ソン？」

「神戸です」

「神戸尊か！　あいつが嚙んでいるのか」

麗音が中園の顔を見る。

「私は面識がありませんけど、亀山さんの後釜だった方で、推薦組で警察庁の警備企画課へ行った準キャリアだそうですね」

「ああ」

苦々しくうなずく中園に、芹沢が言った。

「航空隊は警備部ですから、神戸さんならそれなりに顔が利くんじゃないかと」

その頃、右京と薫はヘリコプターの機内にいた。

「まさかヘリからとは思いませんでしたよ」

嬉しそうに語る薫に、右京が言った。

「指揮官たる神戸くんを利用しない手はありませんからねえ」


「捜査権ですよ」と澄ました顔で答えたあと、尊はこう説明を続けたのだった。

「我々が命令を下すから、捜査を許可するということですね」

「我々って?」

薫の質問に、尊は「警察庁と考えていただいて結構です」と答えた。

「警察庁直々にどんな命令でしょう?」

右京が尋ねると、尊はピシャリと言った。

「官房長の遺骨を無事奪還すること」

「言われずともそのつもりですが」

「官房長だけじゃなく、十三すべて取り返しますよ。捜査に乗り出す以上はね!」

意気軒昂(けんこう)な薫をなだめつつ、尊が説明した。

「意気込みはわかりますが、事態は少々深刻。官房長の遺骨が真っ先に粉砕される恐れが出てきました。小野田家は犯人からのいかなる身代金交渉にもいっさい応じないつもりです。犯人を利するようなまねをしてまで遺骨を取り戻したりしたら、あの世で父が激怒するだろうとご子息はおっしゃっています。ちなみに官房長の遺骨が粉砕されてしまったら、その時点でミッション・ノークリア。即捜査権は剝奪。おふたりには残念ながら、能なしの称号が与えられますから、そのおつもりで」

「能なしって……。なんだか神戸さんが俺らの指揮官みたいですね」

薫は皮肉を言ったつもりだったが、空振りに終わった。

「『指揮官みたい』じゃなくて指揮官です。ああ、許可なら取ってありますよ。ここのボスにね」

そう言いながら尊はスマホを取り出し、同じ警察庁長官官房付という立場で、特命係の指揮統括担当でもある甲斐峯秋のビデオレターを再生した。

——神戸くんからおおよその説明を聞いたと思うが、事件解決までは彼の指示に従い行動するように。成功を祈る。なおこの映像は自動的に消滅する。

「いや、しませんよ」尊がスマホの映像を止めた。「案外お茶目な方ですよね、甲斐さんって」

というわけで、指揮官の神戸尊の許可のもと、特命係のふたりは目下、ヘリで関東上空を飛行中だった。

プロペラ音でかき消されないよう、薫が大声で捜査資料を読み上げた。

「銀座局の消印で三通、神田局で一通、あと都心からぐっと離れて昭島局の消印で三通です」

ヘリが大きく旋回し、方向を変えた。

「埼玉入りました。埼玉からは日高局の消印で三通」

右京が地上を指差した。

「あそこが高崎駅でしょうかねえ」

「ええ。群馬からは高崎局の消印で二通です」

ヘリは利根川を越え、さらに進んだ。

「栃木ですね。ここからは小山局の消印で二通」

やがて、眼下に霞ケ浦がとらえられるようになった。

「黄門様のお膝元。ヘリじゃなきゃ納豆、大量に買って帰るんだけどな……」

地上を見下ろす薫に、右京が注意を促す。

「茨城からは笠間局の消印で二通でしたねえ」

「あっ、はい、そうです。笠間局二通」

旋回したヘリが利根川を再び越えた。

「さて千葉ですけど、松戸(まつど)南局の消印で二通。以上、関東一都五県からトータル十八通」

三

右京と薫が特命係の小部屋に戻ってくると、伊丹たち捜査一課の三人が待ち構えていた。伊丹が恒例のいたぶるような口調で言った。

「特命係の亀山～」

「お前ら、なんの用だよ？」

「そっちこそなんの用でヘリに？」

「ん？　遊覧飛行だよ」

「遊覧？　ふざけんなコラ！」

「えっ、羨ましいの？」

なじり合う同期ふたりの会話に、右京が口をはさむ。

「散歩をすると、血の巡りがよくなるのか、いろいろとアイデアが浮かびますからねえ、まあ散歩代わりに。そんなことより気になりませんか、皆さん？　郵便物の発送場所」

芹沢がすぐに反応した。

「そりゃあ、犯人特定に繋がる手がかりですからね。でも完全なる目くらましですよ。

わざわざあちこちから送ったりして。犯人だって足がつかないように考えてる」

「現地警察が受け付けた郵便局を当たったようですが、局に持ち込みじゃなくて、どうやら郵便ポスト投函だったようですね」

出雲麗音が語った情報は、すでに右京も把握していた。

「ええ」

「で、散歩代わりにヘリで現場を回ってみていかがでした？　なにか手がかりでも？」

伊丹が嫌み交じりに情報を聞き出そうとすると、右京はホワイトボードに貼った関東一円の地図の前に立った。

「飛行ルートはこんな具合でした。東京から埼玉を通って、群馬、栃木、茨城と進み、千葉へ戻って、再び東京へ。発送場所は関東一都五県です。しかし関東といえば一都六県。つまり一県足りない」

「神奈川県ね」

薫が補足すると、芹沢が仮説を述べた。

「犯人の拠点が神奈川県なのであえて避けたとか。特定を恐れて」

「まあ、犯罪者の心理を考えればあり得なくはないけどな」

一応納得する薫に、伊丹が嚙みついた。

「わかりやすすぎだろ、それじゃあ。犯人がお前レベルの間抜けなら別だけどな」

「なにっ⁉」

「いや、でも仮に犯人の拠点が神奈川県だったとしても、広すぎて手も足も出ません。なんかもっと手がかりがないと」

麗音が議論に加わり意見を述べている間に、右京は郵便物の消印部分を拡大した写真を地図上の投函場所付近に貼り付けていた。

「神奈川県だけが外れているのと同様、消印にも気になるところがありますねえ。さてなんでしょう？」

「はい」麗音が挙手した。

「はい、出雲さん」

「神田局からのだけ翌日ですね」

「そのとおり」右京がうなずく。

消印の日付は十七個が三月二十一日で、神田局のみ二十二日になっていた。芹沢が日付の下の時刻表示を指差して訊く。

「この『8―12』っていうのが受付時間帯だっけ？」

「です」麗音が認める。「『12―18』が午後」

「午前、午後の違いはあっても、神田局以外はすべて同日」

薫の補足を受け、右京が疑問を呈した。

「距離的には最も近い銀座局と神田局がなぜか日を違えている。なぜなのか。皆さん、気になりませんか？」

その夜、廃寺を改修して寺子屋風の塾にした〈ながとろ河童塾〉は、多くの小中学生で賑わっていた。ゲームをして遊ぶ子たちもいれば、おしゃべりに興じるグループ、ひとりで黙々と工作をしている子など、思い思いの時間を過ごしていた。

文庫本を読んでいた葛葉が壁掛け時計に目をやってから、子供たちに言った。

「お前たち、そろそろ帰れ」

塾生たちから一斉に「ええ～」と不満の声が漏れた。

「で、明日からの参加者は朝早いです。明日に備えましょう」

「え～」

「え～、じゃないよ。ほらほら、帰れ」

葛葉が子供たちを追い出しにかかった。

とある都心の落ち着いたバーで、神戸尊と首席監察官の大河内春樹がカウンター席に並んでグラスを傾けていた。

「奥さんの書いた記事をダシに、わざわざ殴り込みかけたのか」

問い質(ただ)すような大河内の低い声は、職業柄身についたものだった。尊が薄く笑った。

「殴り込みなんて人聞きの悪い。でもまあ亀山薫には会ってみたかったので、その機会をうかがっていたのはたしかです。亀山美和子のあの記事は渡りに船でした」

「で、どうだ？　会ってみて」

「まだわかりませんよ。これからしばらく一緒に過ごしてみて、それからですね、感想は」

「楽しみだな」

大河内がウイスキーを舐めると、尊はチョコレートを口に放り込んだ。


同じ頃、亀山家では神戸尊が話題に上っていた。

「へえ、私の記事で意外な魚が釣れたんだ。で、神戸尊ってどんな人？」

美和子の質問に、薫がニヤリと笑った。

「ルックスでは俺が勝ってる」

「言うよね」

せんべいをかじる美和子の前で、薫がビールをあおった。


その頃、〈こてまり〉のカウンター席で右京がひとりで日本酒を嗜(たしな)んでいると、小手鞠がスマホを差し出した。

「杉下さん。おひとりで退屈じゃありません？　こんなのいかがです？」

　画面には「ひと筆書きパズルゲーム」のアプリが表示されていた。画面上の升目を指でたどり、ひと筆書きですべての升を潰せればクリアとなるゲームだった。

「おや、ひと筆書きですか」

「ええ。ちょっとはまっちゃって。杉下さん、こういうのお得意そう」

「いえ、得意というほどではありませんがね。どれどれ……」

　さっそく右京が挑戦する。最初のパズルを難なくクリアすると、次第に難度が上がっても次々とクリアしていった。

「さすがですね」小手鞠が笑って拍手する。

　次のパズルをクリアしたところで、右京が考え込む表情になった。

「どうなさいました？」

「いえいえ。あっ、もう一本」

　右京が空になった徳利を掲げた。

　翌朝、長瀞駅前には葛葉の他、七名の塾生の姿があった。その中には、正義、魁、叶夢、十海人、望愛もいた。

「全員そろったな。よし、出発しよう」

葛葉の号令で、塾生たちは駅舎に向かった。

電車に乗り込むなり、塾生たちは居眠りをはじめたが、十海人だけはずっと車窓から外を眺めていた。

「眠くないのか?」

葛葉が声をかけると、十海人は外を見たまま答えた。

「眠気なんか吹っ飛んだ」

「相変わらずだなあ」

葛葉は笑い、車窓の田園風景に目を向けた。


葛葉たちの一行と入れ違うように右京と薫が長瀞駅に降り立ったのは、それからしばらくしてのことだった。

「さてと、まずは真野さんのところですね」

薫の言葉に、右京が「ええ」と同意した。

「右京さんがおっしゃるように遺骨盗難の初っ端(ぱな)ですからね。たしかになにか意味があるのかも」

「犯人がただ闇雲に選んだとは思えないんですよ。一番目に選ぶならば、おのずと選ぶ理由があるはずだと」

「たしかに」

　ふたりが訪ねたとき、真野夫妻は畑で農作業中だった。

「盗まれたのはあなたのお父さまの遺骨ということですね？」

　右京の質問に、真野寛晃は苛立ったように答えた。

「ええ。去年、十三回忌の直後」

「心当たりはありませんか？」

「あればとっくにお話ししていますよ、警察の方、何度も来られたし。なんでもいいから早く犯人捕まえてください。いつまでかかってるんですか。埼玉県警が駄目だから、次は警視庁ですか」

「面目ない」

　頭を下げる右京たちと不機嫌な寛晃を、亜沙子がとりなした。

「申し訳ありません。失礼な言い方。警察の方に当たったって仕方ないでしょ」

「いやいや、文句言いたくなる気持ちもわかりますよ。いろいろとね、ご心労も多いでしょう」

　薫が気持ちを斟酌すると、寛晃はふてくされたように頭を下げ、農作業に戻った。その姿を見ながら、亜沙子が心情を吐露した。

「もし身代金を要求されても、どう対応したらいいか……。だって骨ですよ？　息子がさらわれたとでもいうなら、それは一大事ですけど、遺骨を盗まれたからって、正直どんな顔をしていたらいいかわかりません」

「まあ、奇妙な事件ですからね」

薫がうなずくと、右京が質問を変えた。

「息子さんはおひとりでしたね」

「ええ、ひとりです」

「お名前は『正義（せいぎ）』と書いて、『ジャスティス』と読むそうで」

「警察の方はなんでもご存じなんですね。なんか怖い」

上目遣いになる亜沙子に、薫が説明する。

「いやいや、ここに来る前に秩父北署に寄ってきたものですからね、そこで聞いたんですよ」

「ジャスティス……いいお名前ですね」

右京は褒めたが、亜沙子は苦笑した。

「漢字を無理やりそんな読ませ方するのは、親の自己満足だって叱られました」

「どなたから？」

「本人から」

「なるほど」

と、寛晃が尖った声を投げかけた。

「いつまで無駄口叩いてるんだ。うちには遊んでる暇なんかないんだぞ」

真野正義が通う中学校を訪問した右京は、学校が閑散としているのに気づいた。

「僕としたことが、うっかりしていました。たしかにそろそろ春休みに入る頃でしたねえ」

薫が上司をフォローする。

「まあ年に三回も長い休みがあるのは子供たちの特権みたいなものですもんね。俺らだって遠い昔、それを存分に享受してたわけですし」

「ええ」

「そういえば今回の盗難も春、夏、冬。ひょっとしたら、春休み、夏休み、冬休みと関係あったりして」

自分の発言を笑う薫に、右京がまじめな顔で言った。

「君はときとして、的を射た当てずっぽうを言いますねえ。重ねて僕としたことが。迂闊でした」

美和子がアポなし取材を敢行しようと、小野田家の門のインターホンを押したとき、伊丹がぬうっと現れた。

「亀山亀子〜」

「あの、その、亀子っていうのやめてもらえませんか？」

「取材は迷惑になりますから。ねっ、お引き取りください」

芹沢が注意したが、美和子の顔に反省の色はなかった。

「ちょうどよかった。警察はなぜ官房長の遺骨盗難を隠蔽しようとしてたんですか？」

麗音が美和子の前に出る。

「ご主人に取材していただけますか？　警察の方なんですし」

「なんでもいいから、もう帰った帰った。ここ被害者宅だからな。プライバシーの侵害だぞ」

横柄な口ぶりの伊丹にも、美和子は引かなかった。

「報道の自由があります」

「はいはい。その辺もお家帰って旦那とゆっくり議論しな」

伊丹が強引に美和子を追い立てた。

長瀞駅に戻る途中で、薫が右京に確認した。

「じゃあ年三回の休みを利用して？」

「その可能性は大いにありますねえ」右京は認めた。「春には三件、夏は八件、冬には二件と、発生件数がバラついているのもそれで説明がつきます。そう、休みの長さに比例してるんです」

「だとしたら、犯人は……」

薫はそれまで予想もしなかった犯人像を思い描いていた。


その日の夕方、〈ながとろ河童塾〉の塾生たちは奈良に到着していた。奈良公園の鹿たちとたわむれる姿は、無邪気そのものだった。


その頃、特命係の小部屋には神戸尊の姿があった。右京と薫はまだ戻ってきておらず、尊はかつて上司だった右京から初対面のときにぶつけられた言葉を思い返していた。

──君は亀山くんの代わりにはなれません。

もの思いにふける尊のスマホが振動した。知らない番号からの着信だった。

「はい、神戸ですが」

──はじめまして。内閣情報調査室の社と申します。小野田さんの件で、ぜひお目にかかりたいのですが、ご都合いかがですか？

塾生たちは奈良の宿に入ると、思い思いに時間を過ごしていた。葛葉が文庫本を読みふけっているのを見て、正義と魁は部屋をそっと抜け出した。そして望愛と合流し、持ちこんだキャリーケースを開けた。


右京と薫が特命係の小部屋に戻ったとき、すでに尊の姿はなかった。ホワイトボードを前に、右京が犯人像を語る。

「生徒か教師、あるいは事務員など」

「いずれにしても、犯人は学校関係者？」

薫が念を押すと、右京はうなずいた。

「その線で調べてみる価値は十分あると思いますよ」

そこへ米沢が入ってきた。

「ご連絡いただき、取り急ぎ検証しましたが、ひと筆書きという着眼は大当たりですな」

「ひと筆書き？」

薫が目を丸くする横で、右京が関東地方の鉄道路線図を広げ、油性ペンでなぞっていく。

「東京駅から拝島駅、高麗川（こまがわ）駅からの高崎駅。しばらく走ると小山駅。そして友部（ともべ）駅。

下ってきて新松戸駅、秋葉原駅です」

「え、これ、なんですか？」

　薫の疑問に答えたのは、米沢だった。

「大都市近郊区間のみですが、乗車経路が重複しない限り、どんなルートでも目的地までの最も安い運賃で乗車可能なんですよ」

　右京が具体例で説明する。

「この図でいうと、東京駅を出発して秋葉原駅へ行くのに、これだけ大回りができるというわけですよ」

　鉄道オタクの米沢は時刻表を頭に入れていた。

「たとえば、東京駅を九時五十六分に出発してぐるぐるっと回って、秋葉原駅到着は十八時三十九分。ざっと九時間弱の行程ですな」

「え？　それでも、東京から秋葉原までの運賃？」

　驚く薫に、米沢がさも当然といった顔で答える。

「ええ。百四十円ポッキリ。それ以上は頂きません」

「へえ」薫は感心し、右京に先を促した。「で？」

「なぜ神奈川県だけが発送場所から外れていたのか。そしてなぜ神田局だけが翌日の消印だったのか。そのふたつの疑問が、このひと筆書きならば解消できるんですよ」

右京の言葉を、米沢が受ける。

「この場合、神奈川県になにかがあるから外したと考えがちですが、実はまったくそうではなくて、単にひと筆書きの経路に神奈川県の駅が入らなかっただけのことなんです」

「ああ！」薫が理解した。「要するに神奈川県に特に意味はない？」

「そういうことになりますねえ」と右京。

「先ほども申しましたように、東京駅を朝出発しても秋葉原駅到着は十八時過ぎ。それから駅前で投函したら郵便局の消印は翌日になりますね」米沢も続けた。

「秋葉原は神田局ですからね」と右京。「犯人はこのひと筆書きの経路で、それぞれの駅から投函したのではないかと」

「なるほど」薫が手を打った。「でもこれって途中下車できないんじゃないですか？しちゃえばひと筆書きが不成立だし。でも下車しなきゃ投函できませんよね」

「そこです。途中下車できないにもかかわらず、わざわざひと筆書きルートをたどった」

右京が説明役を米沢に譲った。

「さて、米沢さんお願いします」

「その質問にお答えするならば、犯人は間違いなく鉄道趣味。趣味を優先した結果が、このひと筆書きのルートだったんでしょうな」

「いやいや、趣味ならなおさら途中下車しないでしょ」

薫の指摘は、米沢の想定内だった。

「ですから犯人は単独ではありません。最大七人グループだと思われます」

「七人グループ？」

「その中のひとりが鉄なのです。最低運賃を達成させたいのはその人物のみ」

「米沢さん」右京がチェスの駒を渡す。「これ使ってください」

「ありがとうございます」米沢が受け取り、説明しながら鉄道路線図の上に置いていく。

「犯人グループはまず東京駅で投函ののちですね、電車に乗り込みます。そしてこの路線を進んで、拝島駅で一名が下車します。もちろん投函のため。これは昭島局の消印となります。残った六名で進んで、次の高麗川駅でまた一名が下車します。ここで投函されたものは日高局の消印。そして次の高崎駅を目指します。高崎駅でひとり降りて、次の小山駅でまたひとり下車」

趣旨を理解した薫があとを継ぐ。

「それぞれ投函された郵便物は、高崎局と小山局の消印となる。そして友部駅でまたひとり。これが笠間局。そして新松戸で降りて投函された郵便物は、当然松戸南局」

「残りは鉄ひとり、最終投函地の秋葉原駅へ」米沢が最後の駒を秋葉原に置いた。「百四十円ポッキリ無事達成という具合です。ですが、言いましたように七人というのは最大です。最初に下車した人物がショートカットして、また途中で合流すれば、それよりよ」

「いやいや、遺骨盗難なんていうと軽く聞こえますけど、墳墓発掘罪に当たる事件です

「うん。趣味ですからな。いけませんか？」

「つまりこのひと筆書きは、鉄たったひとりの自己満足？」

薫が話を整理する。

も少ない人数で成り立ちますな」

「思えばこの事件、どこか子供のいたずらのようなつたなさが漂っていますねえ」

「あの映像もゲームのようでしたねえ」右京が送られてきたＤＶＤの内容を振り返る。

「それをそんなゲーム感覚で……」

「おまけに遺骨を盗んだ時点で死体損壊等の罪です」

薫に言われるまでもなく、米沢も十分に理解していた。

その夜、奈良の宿で、塾生たちが話し合っていた。

「奈良と法隆寺以外、どこにする？」

小口魁が意見を求めると、笹本望愛が希望を述べた。

「京都と大阪は絶対よね」

「じゃあ新大阪も入れとく？」

魁の提案に、横山叶夢が修正案を示す。

「それなら天王寺(てんのうじ)のほうがよくね？」

「じゃあ両方とも」と望愛。

魁が野口十海人の顔をのぞき込む。

「なんかさっきから不満そうな顔してるな。また大回り乗車できるんだぞ」

「二時間ちょっとのルートだもん」

「ついでなんだぞ。俺たち、遺跡を見に来てるんだぞ」

魁に説得され、十海人は膨れっ面で返した。

「わかってっけどさ……」

そこへ風呂上がりの葛葉がやってきた。

「まとまったか？」

「まあ一応ね」

正義が印をつけた関西の鉄道路線図を葛葉に見せた。

「これなら大丈夫なんだな？　よきにはからえ」

その夜、都心のバーで神戸尊は社美彌子(みやこ)と会っていた。

「まずは乾杯といきますか」軽くカクテルグラスを合わせて、尊が訊いた。「で、突然、この僕にどんなご用でしょう？」

「元官房長、小野田公顕さんにお目にかかったことは数えるほどしかありませんけど、あれほどの方ですから、警察のそれなりの地位にいる人間は皆、知っています」

「ええ」

「ですが、もう過去の人。多大なる功績を残された方ですが、もういない人です」

「あの、なにをおっしゃりたいのか……」

怪訝な顔の尊に、美彌子が斬り込んだ。

「なぜ神戸さんは、そんなに一生懸命になっていらっしゃるのか。古巣の特命係に入り込んでまで、小野田さんの遺骨を守ろうとしている。事件を解決することより、小野田さんの遺骨を無事奪還することが最優先課題。ですね？」

「ええまあ」尊が認めた。

「なぜそこまで？」

「なぜって、官房長は僕の人生において、間違いなく大切な方だったから……」

尊は小野田が刺し殺される現場を目撃していた。そして、小野田が説いた正義の定義を今も思い返すことがあった。

――正義の定義なんて、立ち位置で変わるもんでしょ。まさか絶対的な正義がこの世にあるなんて思ってる？

「……理由はそれだけです。ご安心ください。内調が関心を寄せるような妙な陰謀なんてありませんから」

美彌子がカクテルグラスを口に運ぶ。

「そうですか」

「わざわざそんなことを確かめるために僕を呼び出したんですか？」

「いいえ。実は神戸さんとお近づきになりたくて、小野田さんをダシに使いました」

「……どうして僕と？」

「杉下さんと一緒にいらっしゃった方に興味があって。今後ともよろしくどうぞ」

差し出された手を、尊はそっと握り返した。

四

数日後の朝、特命係の小部屋に神戸尊が駆け込んできた。

「先ほど小野田家に二通目が届いたそうです」

「ええっ⁉」

驚く薫と目を瞠る右京に、尊はスマホの画面を見せた。

「届いた書状の画像をご子息から送っていただきました」

そこには以下の文面が確認できた。

——遺骨の処刑を回避し無事に取り戻したくば、三月三十日までに金壱萬圓(いちまんえん)を以下のとおり支払え。動画配信サイトＣ・ｉｋＴａｋ(チクタク)で〈女狐(めぎつね)つんつん〉が配信中に「小野田」のアカウント名で投げ銭すること。13


「たった一万円⁉」

戸惑う薫に、尊が応じた。

「しかも投げ銭ですよ」

「いよいよ子供のお遊びじみてきましたねえ」

右京の確信が深まった。


真野家にも書状が届いていた。

「なんなんだ、これは？」

「誰がこんなことを……」

寛晃も亜沙子も戸惑うばかりだった。


その夜、〈ながとろ河童塾〉では、いつものように集まった塾生たちが思い思いの時間を過ごしていた。

望愛はイヤホンでＣ・ｉｋＴａｋの配信をザッピングしており、魁と正義と叶夢がそれを背後からのぞき込んでいた。十海人はひとりで時刻表を開いていた。

塾長の葛葉宰三は文机に向かい、文庫本を読みふけっていた。


同じ夜、警視庁の捜査本部では、ホワイトボードを前に伊丹が報告していた。

「各県警から寄せられた情報を取り急ぎ分析しましたが、犯人からの要求はすべてＣｉｋＴａｋ配信者への投げ銭のようです」

芹沢が補足説明をおこなう。

「ただし対象となる配信者は被害者宅ごとに異なっております。たとえば、長野の栗原家へは〈プリプリキング〉という配信者への投げ銭を要求。宮城の阿部家へは〈月夜の餅つきウサギ〉なる配信者への投げ銭を要求。そういった具合です」

「で、要求額はいずれも一万円ということか？」

困惑する中園に、麗音が説明した。

「そのようです。が、すでに支払いを拒否している被害者宅が二軒、報告されています。一軒は東京の小野田家、もう一軒は埼玉の真野家です」

小野田家が挙がったことに、捜査員たちがざわついた。

「部長のほうからなにかございますか？」

中園に振られ、内村がまじめな顔で訊いた。

「チクタクとはなんだ？　時計か？」

芹沢は笑いをこらえきれずに吹き出す。

「はい？」麗音の目が点になる。

「背信者に投げ銭とは、裏切り者におひねりをやれということか？」

中園が申し訳なさそうに言った。

「あ、部長、ところどころ微妙に誤解が……」


翌朝、薫の運転する覆面パトカーで真野家に向かう途中、右京がルームミラーを見て言った。

「都心を走っているときには気づかなかったのですが、後ろ、伊丹さんたちではありませんか？」

「えっ？」

薫もルームミラーを見ると、黒い車がぴったりとついてきていた。

その車を運転しているのは芹沢だった。後部座席に座る麗音が言った。

「気づかれたみたいです」

伊丹が鼻を鳴らす。

「ようやくかよ」

「ハイエナって世間では横取りの代名詞みたいになってますけど、じつはライオンに勝るとも劣らない優秀なハンターなんです。だから自信持ちましょ。ちっとも卑下することなんかないです」

自分に言い聞かすように語る麗音を、伊丹がにらむ。

「俺たちゃいつも自信満々だし、これっぽっちも卑下してねえけどな」

「あ、そうでしたか……」

そうこうするうちに薫の運転する車が目的地に到着した。薫が車を駐めると、後続車も従い、助手席から伊丹が降りてきた。

「特命係の亀山～」

薫が伊丹の前に立ちはだかる。

「警視庁からつけてきやがったのかよ」

「もっと背後に気を配れ、このどんくさ亀が！」

「うっせえ！」

「おまえ、誰に許可を得て、偉そうに面パト転がしてんだよ。尊か……どうせ神戸だろ」

「わかってんなら、いちいち訊くんじゃねえよ、このくっつき虫！」

ふたりの非生産的なやりとりを無視して、右京が言った。

「行きますよ」

五人もの捜査員が畑まで押しかけてきたので、真野寛晃はあからさまに不機嫌になった。

「今日はまたなんのために？　それも仰々しく大勢で」

「それはこちらの事情ですので、お気になさらず」

右京が断り、薫が本題を切り出した。

「犯人から身代金要求が来ましたよね？」

「うちは要求には応じません。それはもう秩父北署の刑事さんにもお伝えしましたよ」

「それを聞いてやって来たんです」

「なんのために？」

挑むような目を向ける寛晃をとりなすように、亜沙子が説明した。

「やっぱり骨に身代金なんて、そんなのおかしいし、相手にしたくないですし」

「もういいですよね？」

早々に話を切り上げようとする寛晃に、右京が右手の人差し指を立てた。

「ああ、ひとつだけ。届いた書状を拝見できませんかね？　まだ現物を見たことないものですから、ぜひ」

「あんな不愉快なもの、破って捨てましたよ」

寛晃が吐き捨てるように言った。

「なるほど、それは残念」

駐車場まで戻ると、伊丹が声を荒らげた。

「お宅にとって遺骨はガラクタ同然かよ、って喉まで出かかったが、危うく呑み込んだよ」

すぐさま芹沢が同調する。

「たしかにわずか一万円を渋られちゃうとね……」

「でも警察の立場で、身代金支払って取り戻せとは言えませんよ。そんなの敗北です」

麗音がふたりの先輩刑事に進言する傍らで、薫はぼやくように言った。

「それにしてもあの態度、なんか違和感あるなあ」

「たしか向こうにトイレありましたね」

唐突な右京の言葉に、薫が応じる。

「はい。あの少し先です。行ってらっしゃい！」

右京と薫のいない特命係の小部屋では、角田が愛妻弁当を食べていた。

そこへ米沢が現れた。

「こんなところでお昼ですか」

「ああ、久しぶり！　ふたりは留守だぞ」

「では言付けを」米沢が関西の鉄道路線地図を広げた。「これなんですけど……」

トイレを口実に、右京は真野家を訪れていた。玄関先に出てきたのは正義だった。

「父ちゃんも母ちゃんも畑です」

「ええ、先ほど畑でお目にかかりました」

「じゃあなんで？　僕に用ですか？」

「お名前、正義と書いて、ジャスティスと読むそうですねえ。素敵なお名前だと思いまして」

「キラキラしすぎて眩暈します」正義が恥ずかしそうに告白する。「わざわざ褒めに来てくれたんですか、僕の名前」

「そのついでにひとつ」右京が左手の人差し指を立てた。「おじいさまの遺骨が盗難に遭ったことはご存じですよね？」

「知ってます」

「犯人から郵便が届いていることは？」

「一通目は動画、二通目は身代金の要求だったみたいです」

怪訝そうな正義に、右京が申し出た。

「その書状をお父さまは破って捨ててしまったそうなのですが、せめて封筒だけでも残っていないかと……」

「どうして?」

「なにが犯人検挙に繋がるか、わかりませんからねぇ」

「もうないです。そっちも父ちゃんが破って捨てました」

「破って捨てただけならば、まだ屑かごにあったりしませんかね?」

「燃やしてました」

「なるほど。それでは致し方ありませんね」

「ご飯の途中なので……」

正義は迷惑そうだったが、右京は引かなかった。

「あっ、消印は? 覚えていませんか? 今度の郵便は関西圏からだったんですよ」

「消印なんて見てないです」

「ですよね。僕も余程でないと消印など確認したりしません。どうも突然お邪魔しましてすみませんでしたね」

奥に戻ろうとする正義を、右京が呼び止める。

「正義くん。最近どちらかにご旅行でも?」

「えっ？」

右京は玄関に並んだ二足のスニーカーを示した。

「いえ、靴なんですがねえ。これ、どちらも君のものでしょうが、こっちはくたびれ具合から普段、履いているものでしょうねえ。で、こっちはいわばよそ行き。特別な外出にはきれいな靴を履いていきたいですからねえ。最近お使いになったばかりなので、ここに脱いだままになっているのではないかと」

「遺跡巡りに行きました」

「やはりですか。春休みに入りましたからねえ。で、どちらへ？」

「奈良です」

正義の回答に、右京はしたりとうなずいた。

「なるほど！」

右京が真野家から出てきたところへ、薫がやってきた。

「右京さん、トイレに行って迷子になって、ここにたどり着きましたか」

「みんなで仰々しく押しかけるのも気が引けたものですからねえ」

薫は、右京がしばしばトイレを捜査の口実に使うことを知っていた。

「大丈夫です。俺がちゃんと引き留めておきましたので」

「で、彼らはさすがに呆れて帰りましたか」

「軽く聞き込みして帰るって言ってました。父親の遺骨だっていうのに、わずか一万円を出し渋る息子夫婦に興味持ったみたいですよ」

「なるほど」

「犯人の要求を拒絶したのは官房長のところとここの二軒。官房長のところは最初からいっさいの交渉拒否っていう取りつく島のない拒絶でしたけど、ここは違いますからね」

「ええ」右京が同意する。「要求を確認したうえでの拒絶です」

「それも速攻で。伊丹らじゃなくたって、なんかありそうな気がしますよ。で、俺らをまいて単独行動に出た身勝手な右京さんのほうの成果は？」

　薫が上司に探りを入れた。


　葛葉が商店で買い物をしていると、店主が隣の精肉店の店主と世間話をしていた。

「ここにも来た？　警察」

「警察？　いや。事件？」

「ほら、遺骨の、その話。それがさ、警視庁！」

「へえ、埼玉にも警視庁来るんだね」

　葛葉は聞くともなしに、ふたりの会話を聞いていた。

　買い物を終えた葛葉が廃寺に戻ってくると、〈ながとろ河童塾〉の看板の前に見知らぬ男がふたり立っていた。

「警視庁の杉下と申します」

「同じく亀山です」

警察手帳を掲げるふたりに、葛葉は「本当だ、警視庁だ」とつぶやいてから、「ご丁寧に。葛葉です」と名乗った。

葛葉はふたりを外で待たせ、買ってきた品物を冷蔵庫などにしまいに行った。

そのとき右京に角田から電話がかかってきた。角田から伝えられたのは、米沢の伝言だった。

「なるほど、やはり今回もひと筆書きになりましたか」

——昼休みに現れて、ひとしきり俺にその旨レクチャーすると、気が済んだのか、杉下さんによしなにお伝えくださいと言い残して帰った。とりあえず路線図を送るから、不明点などあれば直接、米沢に訊いてくれ。

すぐに角田から送られてきた画像を薫がのぞき込んだ。

「大阪駅から各駅回って新大阪駅に至るひと筆書きですね」

「二時間ほどの行程だそうですよ」

右京の指摘を、薫が受け止める。

「ああ、今回の発送地は京都、大阪、奈良とバラけてますけども、全部午前中の消印なんで、二時間ほどなら整合性とれますね」

「ちなみに大阪駅ではなくて奈良駅を起点と考えることも可能ですねえ。その場合は各駅回って法隆寺駅に至るルート」

と、本堂の扉が開いて、葛葉がふたりを呼んだ。

「お待たせしました。どうぞ」

右京と薫は靴を脱いで本堂に入った。右京が周囲を見渡した。

「なるほど、寺子屋のようですねえ」

「リタイアした教師の私塾ですよ。気ままにやっております」

「ここにお住まいなんですか？」

薫が訊くと、葛葉が照れながら答えた。

「廃(すた)れた寺を買い取っての再利用っていうか」

「〈河童塾〉って名前は？　この辺りに河童が出るとか？」

葛葉は笑いながら由来を語った。

「名字の葛葉の『葛(くず)』の字が、葛飾(かつしか)の『葛(かつ)』でもあるので、昔誰かに『カツハ』って呼ばれたのが、いつの間にか『カッパ』になりましてね。ずっとあだ名がカッパだったものですから、せっかくなので」

「ちなみに塾生さんを連れてご旅行にはよく？」

右京の唐突な質問に、葛葉は一瞬困惑した。

「えっ？」

「春休みに入って奈良に遺跡巡りに行かれたそうですねえ」

「ああ、そうか、警視庁の方、例の遺骨事件の聞き込みなさってるんですよね。ジャスから聞きましたか」

「まさか中学生がひとりでということはないでしょうからねえ。聞いて回ったところこちらを……」

「おじいさんの遺骨が盗まれて、もう一年近くになりますかね。だけど、うちがなんか事件解決の役に立ちますかね？　被害者の家の子供が塾生として通ってきてるだけですよ」

訝しげに聞く葛葉に、薫が笑顔で応じた。

「手当たり次第調べて回るのが事件捜査の基本なんですよ。泥臭いでしょ」

右京は書棚に目をやった。

「おや、時刻表がズラリ。鉄道に興味おありで？」

「いえ、それ、塾生のです」

「正義くん？」

「いや、別の子です。いわゆる鉄なんですけど、ご両親がよく思ってないみたいで、家で時刻表を開いていると没収されちゃうからって、ここに避難させたんですよ」

「なるほど」

「そいつね、ここに来るとずっと飽きもしないで時刻表、眺めてますわ」

　薫が興味を示す。

「叱ったりはしないんですか？」

「うちは学習塾じゃないんですよ。みんな好きにやってます。訊かれたら、そりゃ勉強も教えますけど。私、以前、中学校の国語の教師をやっていましてね。でも国語以外となると途端におぼつかなくなって、逆に塾生に教えられたり、一緒に調べものしたりね」

「その鉄道好きの塾生さんも今回、遺跡巡りに参加したわけですね？」

　右京が鎌をかけると、葛葉は疑うようすもなく答えた。

「ジャスと同じ仲良しグループのひとりですから。同級生です」

　薫が踏み込んだ質問をする。

「あの、仲良しグループって七人組とか？」

「いや、五人ですね。遺跡巡りには小学生ふたりも参加したので七人で出かけましたが、ジャスの同級生の仲良しグループは五人」

「ちなみに今回の旅行、奈良以外にも足を延ばしたりとかは？　京都とか大阪とか」

　さすがに薫の質問が具体的過ぎたので、葛葉は疑問を覚えたようだった。

「どうしてですか？」

　薫がごまかす。

「いや、せっかくの関西旅行だし」

「いや、奈良だけ」

「あっ。そうですか」

　薫が引いたところで、右京が攻め込んだ。

「旅行中、自由行動は？　お話をうかがっていると、先生は塾生の自主性を重んじていらっしゃるようですからね」

　ここに至って葛葉は、塾生たちの旅行中の挙動にわずかな違和感を覚えたことを思い出した。五人組がまとめたプランに「よきにはからえ」とゴーサインを出した葛葉は、続いて翌日の集合について伝えた。

「集合、正午だぞ、法隆寺駅前。遅刻すんなよ。遅れたら先に飯食っちまうからな。昼飯抜きになるぞ」

　それを聞いたとき、五人組がなにか焦っているような、後ろめたさを押し隠しているような表情を浮かべたように感じたのは、思い過ごしだったろうか。あの日の午前中、五人組はいったいなにをして過ごしていたのか……。

「いえいえいいえ」葛葉は生じつつあった疑念を振り払った。「連れてったの、中学生と小学生ですからね。地元ならまだしも不慣れな土地だったし……」

「そうですか」

「こんなのでなんか役に立ってますか、事件捜査の？」

「ああ、もちろん！　貴重なお時間を……感謝します」

　薫が腰を折ったとき、右京が書棚の別の本に目を留めた。

「ちなみに『ブラウン神父』シリーズも塾生さんのものですか？　ここに並んでいますね」

「それは私のです。何十年も前に買ったやつですよ」

「お好きですか、チェスタトン？」

「そのシリーズは好きです。何度も読み返しました」

　右京は一冊を抜き出した。

「『ブラウン神父の童心』。これ、記念すべきシリーズ一冊目ですね」そう言いながらパラパラとめくって、突然薫に質問した。「『賢い人間なら小石をどこに隠すかな？』」

「えっ？」

　戸惑う薫に、右京が回答を示す。

「浜辺でしょう。では、『賢い人間なら樹の葉はどこに隠すかな？』」

　続いて右京に質問された葛葉は即答した。

「森のなかですよ。『折れた剣』ですね。急に読み上げるから驚いた」

右京は『ブラウン神父』シリーズのなかでも特に著名な短編作品の一節を引用したのだった。

「線が引いてあるのでつい」

右京がそのページを見せた。

「あっ、本当だ。昔引いたんだな、きっと」

葛葉は苦笑いした。

五

廃寺の山門を出たところで、右京が相棒に質問した。

「盗み出した骨壺を、賢い君ならばどこに隠します？」

「続きですか。お寺なんかいいかも」

「たしかに、遺骨を隠すにはうってつけ」

「えっ、まさか盗まれた遺骨がここに？」

自分の答えの意味に気づいて驚く薫に、右京がうなずいた。

「仮に子供たちの仕業だと考えると、十三もの骨壺をいったいどこに保管しますかねえ？

骨壺の保管は文字どおり骨の折れる仕事ですよ。とりわけ子供にとっては」

「いや、言いたいことはわかります。けど、今回の発送場所が関西圏だったことと、たまたま正義くんたちが奈良に行ってたことを簡単に結びつけていいかどうか……」

「グループの一員には鉄道マニアもいるようですしねえ」

「俺も正直、疑いはしましたけど。でも、自由行動はなかったって言ってましたよね。どうやって先生の目を盗んであちこちでポスト投函……」疑問を口にしかけた薫は、自分でその答えに思い至った。

「ひょっとして先生も一員？　いや、一員どころか首謀者？」

「その可能性はなくはありませんねえ」

右京は意味深長な答え方をした。

「戻ってトイレ借ります？　で、迷子になってあちこち」

「勝手な想像であまり無作法して、指揮官たる神戸くんの顔に泥を塗ってはいけませんからねえ」

「むしろ塗ってやりましょうよ」

そそのかす薫に、右京は思わず苦笑した。

『ブラウン神父の童心』を書棚に戻しながら、葛葉は正義がその本を食い入るように読んでいたことを思い出していた。

「面白いだろ？」

葛葉が訊くと、正義は顔を上げた。

「試しに読んでみたけど、字が細かいし改行ないし、読みづらい。けど、いろいろ勉強になるよ」

「うん。良書こそ人生の教師なりだ」

葛葉は元国語教師らしい発言をして、その場をあとにしたのだった。

嫌な予感を覚えた葛葉は本堂の奥の壊れかけた仏堂へ行ってみた。かつては仏像が祀られていたようだが、現在は物置小屋になっていた。観音開きの扉を開けると、埃とかびの臭いが鼻をつく。天井からソケットのコードが伸びているが、電球は外されていた。暗いので、扉を開けたまま中に足を踏み入れた。壁際に棚が据えつけられ、見覚えのないシートが被せられていた。

シートを外した葛葉は、棚の上にいくつもの骨壺が並べられているのを目にして、悪い予感が当たったことを知った。骨壺にはそれぞれ、故人の姓名が記されていた。

開けたままの扉から、伊丹が入ってきた。

「大層なコレクションですね」

「警視庁の者です」芹沢が警察手帳を掲げた。「こちらに上がってきたら、ここに入る姿を見かけたもので」

葛葉は骨壺にシートを被せて、刑事たちに向き合った。

「そう。お話なら向こうで」

「今の骨壺、拝見できますか」伊丹が低い声で迫った。「よく知った名前があったので、ぜひ確認させてください」


覆面パトカーで警視庁に戻る途中の右京のスマホに伊丹から着信があった。

「骨壺を？　発見しましたか」

助手席に座る右京の受け答えを聞いて、運転席の薫が思わずそちらを見た。

「えっ？」


「……取り急ぎご報告まで。では」麗音は電話を切ると、思わずガッツポーズを決めて独語した。「ハイエナ軍団を舐めんなよ」

芹沢は後輩のポーズに疑問を覚えた。

「なに踊ってんだ？」

「あ、いえ……」麗音は芹沢が浮かない顔をしているのに気づいた。「どうかしました？」

「いや、それがさ……」

右京と薫は秩父北警察署で捜査一課の三人から話を聞いていた。

廃寺の仏堂で見つかった骨壺の数について麗音から報告を受け、薫が驚きの声を上げた。

「ひとつ足りない？」

「はい。骨壺は十二個しかありませんでした」

「誰のがないの？　まさか官房長？」

「真野晃三さんのです。真野さんのお宅の」

芹沢が答えると、右京がつぶやいた。

「正義くんのおじいさんの遺骨ですか……」

伊丹が現れて、後輩たちに言った。

「葛葉を移送するぞ。上層部が話つけた」

薫が伊丹に訊く。

「おい、足りない骨壺について奴はなんて言ってるんだ？」

「今んとこなんにもしゃべらねえ。黙秘だ。行くぞ」

「はい」

去っていく伊丹を、芹沢が追った。続こうとする麗音を、右京が通せんぼで引き留めた。

「骨壺の発見、大手柄でした。その前の聞き込みではなにか成果はありましたか？」

「もちろん」麗音が自慢げに笑う。「真野さんご夫婦が一万円を出し渋った理由、わかりました」

「それはまた素晴らしい収穫ですねえ」

右京が促すと、麗音は声を潜めて告げた。

「ご主人のお父さんの真野晃三さんって、ひどい暴君だったらしいんですよ。気に入らないことがあると暴力振るうし、嫁いびりも半端なかったそうで。だからあのご主人の口癖が、『クソおやじ、とっとと召されりゃいいのに』だったんですって」

顔を見合わせる右京と薫に、麗音が続けた。

「とにかく丈夫でちょっとやそっとのことじゃ逝かないだろうって思われていた真野晃三さんだったのに、意外と早く亡くなったもんだから、きっとご夫婦の願いが天に通じたんだねって、当時不謹慎な噂話をする人もいたそうです」

麗音が伊丹と芹沢を追って去ったあと、薫が今聞いた話を振り返った。

「なるほど、一万円ですら出し惜しむのも不思議はないか。いや、でもそんな嫌な奴なのにきっちり十三回忌法要までやってるんですよ。世間体ですかね？　家庭の事情を知られちゃってたから無理して」

右京は自分の意見を保留して、疑問を投げかけた。

「いずれにしても、その真野さんのお宅の遺骨だけがないというのはいったいどういうことでしょうね？」

秩父北署にやってきた警視庁鑑識課の捜査員たちは、会議室に整然と並べられた骨壺に手を合わせ、一礼した。

益子桑栄が小野田の骨壺を指差しながら、部下たちに言った。

「おい、気をつけて運べよ。この方のは特にな」

翌朝、特命係の小部屋に顔を出した神戸尊は爽やかな顔をしていた。

「おはようございます。お疲れさまでした。官房長の遺骨無事奪還。ミッション・クリアです」

「事件はまだ終わっちゃいませんよ。犯人だってはっきりしないし、そのうえ遺骨がひとつ……」

言いかける薫を、尊が遮った。

「聞いています。行方不明とか。犯行は官房長の遺骨が狙いではなかったということですね」

そこへ土師太が入ってきて、挨拶もそこそこに持参したノートパソコンを開いた。

「関東一都五県、関西二府一県、駅前の郵便ポストが確認できる防犯カメラ映像について、取り急ぎ分析をおこないましたところ、該当する条件に合致する映像が三件ありました」

そう言うなり、三件の映像を再生する。

最初の映像は秋葉原駅の防犯カメラのものだった。暗くなった駅前でポストに郵便物を投函する少年の姿がとらえられていた。

次は昼間の高崎駅前の映像だった。少女がバッグから郵便物を二通取り出し、ポストに投げ込むようすがはっきり映っていた。

最後は午前中の天王寺駅前だった。キャリーバッグを引いた少年がポスト前にやってきたところで、右京が土師に命じた。

「止めてください。寄ってもらえますか」

土師が少年の顔を拡大すると、薫が画面に顔を寄せた。

「ひょっとして正義くんですか？」

「おそらく。間違いないと思います」

右京が少年の顔を凝視して答えた。

警視庁の取調室に連れてこられた葛葉宰三は、捜査一課の刑事たちを前に黙秘を続けていた。

「失礼」

膠着状態が続く取調室に、右京が入ってきた。右京のあとに宿敵が続いているのに気づいても、伊丹は投げやりだった。

「お出ましか」

「ちょっと先生に見てほしいものがありましてね」

右京の言葉を受けて、薫が持ち込んだノートパソコンで土師が見つけた防犯カメラの映像を再生した。捜査一課の三人も画面をのぞき込む。

「正義くんだと思いませんか？」右京が問う。「天王寺駅で投函しています」

薫が補足する。

「日にちは奈良旅行の真っ最中。たしか自由行動はなかったっておっしゃってましたよね。つまりこれはあなたの監督のもと、おこなわれたと？」

右京が話を継いだ。

「となると、今回の首謀者はあなた。子供たちをそそのかして騒ぎを起こした、という見立てでよろしいでしょうか？」

「……はい」葛葉の重たい口が開いた。

「いったいなんのためにこんなことしたんだ？」

語気も荒く責め立てる伊丹に、葛葉は薄く笑って答えた。

「鬱憤（うっぷん）晴らしですよ……」


そのとき、葛葉の脳裏にはかつて交わした五人組との会話が鮮明によみがえっていた。

きっかけは小口魁の発言だった。

「先生、このままだと日本人は絶滅危惧種になるって本当？」

「なんだ、急に？」

文庫本から目を上げた葛葉に、魁は言った。

「少子化に歯止めが掛かんないんだって。どんどん減ってってって絶滅するってさ」

と、笹本望愛が立ち上がった。

「歯止め掛かんないんじゃなくて、掛けないのよ。ね、そうなんだよね？」

横山叶夢も聞きかじった知識を披露した。

「前に政治家が言ってたな。人口多すぎるから半分くらいでいいんじゃないかって。少数精鋭だって」

塾生たちに乗せられる形で、葛葉は自説を開陳したものだ。

「そういう馬鹿な政治家がいるから日本は滅びていくんだよ。少子化の問題だってな、君らが生まれるずっと前から言われてたのに、結局なんの手も打たずにここまできちゃったんだ。わざと歯止めを掛けずに滅びようとしてるとしか思えないよ」

　すると、鉄道オタクの野口十海人が同調した。

「鉄道だってどんどん滅びているよ。民営化のせいだ。人がいなくなったら、今の鉄道網だって維持できないぜ」

「日本がお金持ちだったって本当？」

　望愛は日本が世界有数の経済大国だった時代を知らなかった。それは叶夢も同じだった。

「都市伝説」

「うちのじいちゃん自慢してるよ。日本は経済大国で世界から尊敬されてたんだって。日本はすごい国なんだって」

　祖父の話を語る魁に、葛葉が訊いた。

「じいちゃんいくつだ？」

「えっと、七十四かな」

「団塊か……」

　葛葉のつぶやきに、魁が反応した。

「ダンカイってなに？」

「戦後の日本で一番いい思いをしてる連中だ。定年後、しっかり年金もらいながら、悠々自適に逃げ切っていく幸せな世代だよ。将来世代に再び焼け野原のような日本を残してな」

　あのとき勢いで口にした怒りが、塾生たちを行動させるきっかけになったに違いない。この事件は元をたどれば自分のせいだ。葛葉はそう感じていた。

「……日本の未来を考えれば考えるほど、暗澹たる気持ちになるのを紛らわしたくて、多感な子供たちを前につまらない講釈をしました。焼け跡世代が必死の思いで復興した日本の豊かさを食い散らかしてる団塊の世代の罪は重いって」

　葛葉の告白を聞いた芹沢が、首をかしげながら確認した。

「つまり団塊世代を糾弾したくて、この馬鹿げた計画を思いついたってこと？」

「あんな子供じみたことを思いついたのは私じゃありませんが、実行させたのは私です」

　右京が右手の人差し指を立てた。

「ひとつお訊きしますが、正義くんのおじいさまの遺骨だけ、なぜないのでしょう？それを教えていただければ、あなたの自供を全面的に信じましょう。答えられませんか？」

　葛葉は途端に口をつぐんでしまった。

「虚偽自白か」

薫の言葉を受けて、伊丹が葛葉を責める。

「おい！　今の嘘か！」

「嘘じゃない！」

むきになって反論する葛葉に、薫が言った。

「子供たちをかばってるんでしょ？」

「子供たちの前で団塊の世代を、日本の未来を破壊した戦犯だって糾弾したのは事実です。すべて私の責任です！」

「ええ」右京が認めた。「あなたの不用意な世代批判が今回の事件のきっかけになったことは間違いないでしょう。だからといってあなたが罪をすべて被ることはできませんよ。先生は今おいくつですか？」

「六十三です」

「先生の世代だって、戦後の豊かさを存分に謳歌した逃げ切り世代じゃありませんか。平穏の訪れた豊かで平和な暮らしのなかで、政(まつりごと)は人任せ。団塊の方々を糾弾する資格などないと思いますがね！」

右京は葛葉を鋭い口調で非難して、取調室から出ていった。

特命係のふたりが去ったあと、葛葉は伊丹を前に、自省の念に駆り立てられていた。

「あの人の言うとおりだ。我が身を省みれば省みるほど、未来世代に顔向けできない自分を持て余して、結局、上の世代に責任転嫁することで折り合いをつけていただけじゃないか、俺は！」

苦渋の表情で唇を嚙みしめる葛葉に、伊丹が言った。

「そんなことより、あんたがつまらない講釈をした子供たち全員の名前、教えてくれる？」

麗音がペンとメモ用紙を差し出した。

数分後、五人の名前が記されたメモを見て、伊丹が麗音に命令した。

「秩父北署に連絡して事情説明しろ」


その頃、仲良し五人組は中学校の裏山で寝転がっていた。五人の間に序列などなかったが、リーダー格は一応、小口魁だった。

「楽しかったなあ」

すぐさま叶夢が応えた。

「めっちゃドキドキした」

「埼玉を皮切りに全国十三カ所、楽しかった。けど大変だった」

回想する魁に、十海人は異論を唱えた。

「俺はちっとも大変じゃなかった」

「お前は電車乗れたらいいんだもんな」

「十三回忌を探すのも大変だったよ。団塊の人じゃなきゃ駄目だしさ。条件厳しいっつうの」

叶夢が苦労を語ると、魁がなだめるように言った。

「だって俺たち『13』なんだから仕方ないだろ。でもこの一年、充実してたぜ。なあ?」

「終わりか」叶夢が嘆く。「まさかカッパに見つかるなんて想定外。大丈夫かな、カッパ捕まっちゃって」

「俺たちも捕まるんだよな?」

案じる魁に、望愛が言った。

「みんなまだ十三歳だから、触法少年ってことらしい」

「おまえ、少年じゃなくて少女じゃん」

「でも法律の文章には少年としか書いてない」

「マジ⁉」魁が声を上げた。「ポリコレ的にどうよ、それって」

「でも、やっぱいざ捕まるとなると怖いな」

正直な気持ちを語る叶夢に、十海人が同調した。

「うん」

すると、ずっと黙っていた正義が起き上がった。

「ごめんな。みんな巻き込んで」

魁が駆け寄り、正義の肩に手を置く。

「仲間だろ？　おまえの試練に比べたらどうってことないって」

「ジャス、本当に覚悟できてるの？」

望愛に問われ、正義が「ああ」と答えたとき、自転車に乗った制服警察官が五人を見つけた。

「君たち、〈河童塾〉の子だよね？」

「逃げて、ジャス！」

望愛の言葉に、正義は「ごめん！」と言い捨てて駆け出した。残る四人は力を合わせ、警察官を食い止めた。

六

「なぜ十三回忌を……」

特命係の小部屋では、右京が考えを口にしながら思案を巡らせていた。

「君の言うように、世間体のためかもしれませんがね」

話を振られた薫が訊き返す。

「他に解釈思いつきました？」

「たとえば、どんな悪党も死ねば仏。そんな思いから」

「まあ、なくはないですよね」

「あるいは、済まなかったという気持ちがあったとか」

「済まなかったって、申し訳なかったって意味ですか？」

「ええ」

「散々ひどい目に遭わされた相手に対して、どう申し訳ないんですか。負い目を感じる必要ないでしょう」

反論する薫に、右京が推理を語る。

「ちょっとやそっとじゃ逝きそうにないと思われていた真野晃三さんが、意外と早く亡くなったということが引っかかっていましてねえ。ちょっとやそっとで逝きそうにない以上、無理やりにも逝かせてしまおうと強硬手段に出たとしたら、申し訳なかったという思いにもなりませんかねえ」

持って回った言い方をする右京の発言の意味を薫が悟った。

「えっ、あの夫婦がおじいちゃんを殺しちゃったっていうんですか？」

「つまり十三回忌法要は贖罪（しょくざい）の気持ちだったということですね」

「いやあ、それはいくらなんでも飛躍が……」

納得できないようすの薫に、右京が自説の裏付けを示した。

「しかしその前提に立つと、正義くんがおじいさんの遺骨を盗み出したことも、ご夫婦が身代金要求をただちに拒否したことも、すべて説明がつきます」

「いや、どう説明……」

　薫が反問しようとしたところへ、角田が入ってきた。

「おい、〈河童塾〉の仲良しグループ、補導されたとさ。ただし、真野正義は逃走中だと」

　それを聞いた右京の眼鏡(めがね)の奥の目が輝いた。

「亀山くん、行きましょう」


「目くらまし？」

　特命係の小部屋を出て速足で廊下を歩きながら、薫が訊き返すと、右京はうなずいた。

「意味ありげに『13』を名乗り、官房長をはじめ、十三回忌法要の済んだ遺骨ばかり十三人分集めたのも、加えて団塊の世代に的を絞ったように見せたのも、それらを一年がかりで全国規模の盗難事件に仕上げたのも、真の目的を隠すための粉飾に過ぎなかったんですよ」

　薫は『折れた剣』を思い出した。

「確かに大袈裟に飾りつければ飾りつけるほど、真相を隠しやすいですけど。正義くんはそんな大袈裟なまねまでして、どうして遺骨を？」

「そう。もはや十三年も前に荼毘に付された遺骨でなにがしたい？　思い当たりました。たとえ火葬されて長年経過していようと、遺骨から検出可能なものがある」

そこまでヒントを出されれば、薫も答えがわかった。

「殺しを念頭に置けば……砒素」

「もしも晃三さんの遺骨から砒素が検出されたとしたら……」

右京はほのめかし、薫を真相へと誘導する。

「あの夫婦が暴君を殺害した可能性が濃厚に。正義くんは両親の過去の犯罪を暴き出すつもりなんですかね？」

「どうしてそんな疑念を持つに至ったのかはわかりませんが、真相を確かめたいのではありませんかねえ。そのための身代金要求です」

「真野さんのとこは早々に要求を突っぱねましたけど……」

「我々は勝手に十三軒に同一内容の書状が届いたと思い込んでいましたが、真野さん宅以外は粉飾だと考えれば……」

右京の考えを、薫が読む。

「あそこだけ要求内容が違った」

「ええ。ＣｉｋＴａｋの配信者への投げ銭などではなかったはずですよ」

「だから、破って捨てたなんて言ったんですね」

「とても表沙汰にできる内容ではなかったのでしょう」

右京と薫はヘリコプターで長瀞へ向かった。右京が神戸尊に無理を言って、要望を通したのだった。

ヘリの機内で、薫が右京に訊いた。

「夫婦は水面下で犯人の要求に応えようとしてたってことですよね」

「正義くんが逃げているのが証拠です。犯行が露見してしまった今、予定を早めて、両親と決着をつけようとしているに違いありません」

右京が緊迫した声で返した。

「まだなんです。携帯も梨のつぶてで……。すみません」

その夜、真野家を訪れた秩父北署の刑事たちに、亜沙子が頭を下げていた。

「とにかく帰ったらすぐに連絡を」

刑事が引き上げると、亜沙子は玄関の扉を施錠してから、居間に戻って座った。居間のテーブルには真野晃三の骨壺が置かれており、その前で険しい表情をした寛晃と正義が向き合って座っていた。

「どこの誰に吹き込まれてこんなまねしたんだ?　自分のしたことがわかってるのか、

ジャス！」

　寛晃が叱りつけたが、正義は黙したままだった。

　そのときチャイムが鳴った。

「また……」

　顔を曇らせ立ち上がろうとする亜沙子を、寛晃が止める。

「ほっとけ！」

　再びチャイムが鳴った。鳴らしているのは薫だった。

「いますよね？」

　薫に訊かれ、右京は「ええ。外で決着つける必要はありませんからねえ」と答えた。

　居間では寛晃が息子に迫っていた。

「なんとか言え！」

　亜沙子も詰め寄った。

「いるんでしょ、誰か？　あんたにこんなことをさせた誰かが！」

「ジャス！」

　父親に強く言われ、正義は立ち上がってたんすの引き出しを開けた。そして札束の詰まった信用金庫の封筒を取り出し、骨壺の横に置いた。

　両親は凍りついたような表情でそのようすを見ていた。

と、今度は居間のガラス戸が外側から叩かれた。脅えた亜沙子に取りすがられ、寛晃が言った。

「無視しろ」

しかし正義はガラス戸のところへ行き、カーテンを開けた。そこには右京と薫が立っていた。右京が身振りで鍵を開けるよう促す。

「よせ、ジャス！」

寛晃の言葉を無視して、正義がカギを開け、薫と右京が靴を脱いで入ってきた。

「どうも」「夜分に……」

ひと足先に上がり込んだ薫がテーブルの上に骨壺を見つけて、近づいた。

「あれ、こんなところに行方不明の骨壺が。この封筒は……信用金庫ってことはお金かな。厚みを見ると札束かな？」

右京が薫を正義に紹介した。

「彼は亀山くん。僕の大切な仲間です」

正義が封筒を手に取った。

「三百万円です」

「三百万？」薫が目を丸くした。

「母ちゃんが下ろしてきたお金です。じいちゃんの遺骨の身代金のために」

亜沙子が息子に向かって叫ぶ。

「やめてちょうだい、ジャス！」

「あんたたちには関係ない。出ていってください」

寛晃が要求したが、薫は無視した。

「身代金要求拒絶はやっぱりポーズだったんですね」

「こうなるとますます、犯人からの書状を拝見したいところですねえ。どんな要求だったのか」

右京の言葉を受け、正義がそらんじてみせた。

「『真野晃三の遺骨を警察に持ち込まれたくなくば参百萬圓用意せよ。何年経とうが砒素は消えぬ。追って連絡を待て。13』──そう書きました」

「なるほど。君が言うのですから、間違いないのでしょうねえ」

血の気の引いた両親の顔を見て、正義が言った。

「犯人の要求に応じてお金を用意したってことは、父ちゃんと母ちゃん、じいちゃんの遺骨を調べられたら困るってことですよね。どうしてだと思いますか？　やっぱり父ちゃんと母ちゃんは、砒素でじいちゃんを殺したからですか？」

右京と薫が答えに窮していると、寛晃が悪あがきした。

「こいつ、どうかしてるんだ。どうか……。なあ、俺たちがじいちゃんを殺したなんて、誰が言ってた？　誰に吹き込まれた？　そいつを捕まえてくださいよ！　子供をたぶらかしたそいつを！」

特命係のふたりに泣きつく寛晃を蔑むように、正義は語った。

「違うよ。僕は父ちゃんと母ちゃんが言ってたのを聞いたんだ。砒素で殺そうって相談してるのを」

「なんだって？」

寛晃が幽霊でも見たかのような目を息子に向けるなか、亜沙子はヒステリックに叫んだ。

「ねえ、嘘言わないで！　おじいちゃん死んだの、あなた、ひとつのときよ。そんな相談聞けるはずが……」

「聞いたでしょ？　やっぱりこいつ変だ！」

寛晃が特命係のふたりに訴えたが、正義は笑みを浮かべて続けた。

「本当だよ。砒素なら平気だって。少しずつだから時間はかかるけど怪しまれないって、父ちゃんと母ちゃん、相談してたよ」

右京が正義に確認する。

「君、いつどこでそんな話を聞いたのですか？」

「生まれる前、母ちゃんのおなかの中で……。はっきり覚えてます。意味がわかったのは、大きくなってからですけど」

真野晃三はたしかに暴君だった。味噌汁がしょっぱすぎるとお腹の大きな亜沙子に投げつけ、自分を早死にさせる魂胆だろうと罵(ののし)った。止めに入った寛晃を殴っては、亜沙子が作った夕食をひっくり返し、「こんな残飯みてぇなもん食えるか！　飯も満足に作れねぇハズレ嫁が！」と罵倒したのだった。

寛晃はもう限界だった。少しずつ盛れば怪しまれることはない、と砒素による毒殺を亜沙子に持ちかけたのだった。


暗い過去を振り返る寛晃と亜沙子に向かって、右京が言った。

「正義くんの言葉の信憑性(しんぴょうせい)については意見の分かれるところと思いますが、そこからもたらされた結果は、厳然たる事実としてここにありますからね」

「君はどうしたいんだ？」薫が正義に訊く。「俺たち、遺骨を分析に回すことはできる。でもその結果は、君にとってとても残酷なものかもしれないよ」

寛晃が骨壺を持ち上げ、胸に抱え込んだ。

「遺骨は渡さない！　これは俺たちのものだ！」

「いいえ。墳墓発掘及び死体損壊事件の重要な証拠品です。我々が押収しますよ」

右京が正論を述べると、寛晃は黙り込んだ。正義が声を絞り出す。

「もしも父ちゃんと母ちゃんがじいちゃんを殺したならば、罪を償ってほしいです。僕もたくさん遺骨を盗んだ罪、償います」

薫が正義を案じた。

「正義くん、君は未成年だから軽く済んだとしても、お父さんとお母さんの罪は君の思うほど軽くないよ。もしかしたら何年も刑務所に入ることに……」

正義が薫の言葉を遮った。

「待ってます！　出てくるの、ずっと待ってます。そして……また家族に戻ります。償えばそうしていいですよね？」

「もちろんです」右京に異論はなかった。

「ごめんね……ごめんなさい！」

亜沙子が畳に膝をついてすすり泣くと、寛晃もくずおれた。

数日後、正義は荒川の河川敷で待っていた四人の仲間たちに駆け寄り、抱き合っていた。涙を流す正義を望愛が励ました。

「泣かないで、ジャス。試練はまだこれからよ、きっと」

「でも心配するな。俺たちがついてるから」

魁の力強い声に、正義は涙声で「うん」とうなずいた。

副総監室では、衣笠が中園に告げていた。

「解決の端緒となった伊丹、芹沢、出雲、三名の捜査員による骨壺発見は大手柄だった」

「ありがたきお言葉。さっそく三名に申し伝えます」

かしこまる中園に、衣笠が付け加える。

「警視総監賞を検討していたが、今回、準広域重要指定事件ということもあって、警察庁長官賞が授与されることに決まったようだ。おめでとうと伝えてくれ」

「はっ！」

衣笠はソファに座る内村に皮肉をぶつけた。

「ああ、それから内村くん、ＣｉｋＴａｋは時計じゃないぞ」

「いやあ、面目ない。しかしもう把握しました。若者が実に楽しそうなので、試しに私も配信に挑戦したところ、病みつきになりました」

愉快そうに笑う内村に、衣笠はいつぞやと同じように返すしかなかった。

「あっそ！」

護送車で送検される真野夫妻を地下駐車場で見送りながら、薫が右京に言った。

「どのぐらいの刑期になるか気がかりです」

「情状証人には事欠かないでしょうからね。思ったよりも短縮される可能性はあると思いますよ」

右京の言葉に送られるように、護送車が見えなくなった。

「カッパ先生、正義くんを預かって、一緒に償うそうですね」

「ええ」

と、薫がいきなり立ち止まった。

「どうしました？」右京が訊く。

「官房長……ここなんですよね？」

そこは小野田が刺殺された場所に他ならなかった。

「ああ……」

右京は床の一点を複雑な気持ちで見つめた。


その夜、都心のバーでは大河内が神戸をねぎらっていた。

「ご苦労だったな」

「いやいやいや……」

グラスを合わせて、大河内が訊いた。

「で、亀山薫と相まみえた感想は？」

「うーん、まあルックス的には僕の圧勝ですね」

僧侶の読経が続くなか、小野田の墓のカロートに骨壺が戻された。

納骨を終え、右京と亀山夫妻が改めてお参りの準備をしているところへ、甲斐峯秋と社美彌子がやってきた。

「おやおや」

意外そうな右京に、峯秋が言った。

「偉大なる先人の無事のご帰還を祝おうと思ってね。彼女も来たいというので。亀山くん、初めてだったかな？」

美彌子が「はい」と答えると、右京が三人を引き合わせた。

「亀山くんと、奥さんの美和子さん。内調の社さんです」

「社です。はじめまして」

「亀山です。よろしくどうぞ」

「妻の美和子です」

「杉下さんの最初の相棒にお目にかかりたいと思っていました」

鋭い視線を向ける美彌子に、薫がかしこまってお辞儀した。

「はあ、恐縮です」

「奥さまはいろいろと記事を書かれていますね。今度、うちのほうにもお力を貸していただけるかしら？」

美彌子のジャブを、美和子が軽くかわす。

「私に権力の片棒を担げと？」

「おい！」薫が美和子を小突き、美彌子に愛想笑いを向けた。「すいません」


墓参りからの帰り道で、薫が右京に言った。

「しかし、とんだ災難でしたね、官房長。天国でさぞかしご立腹かと」

「天国にいらっしゃいますかねえ？」と右京。

「そんな憎まれ口叩くと、化けて出ますよ」

「出ますかね？」

「出ますよ、きっと」

「ならば、もっと憎まれ口を叩きましょうかねえ」

右京と小野田の複雑な関係は、薫をもってしても計り知れないものがあった。

その夜、〈こてまり〉にはいつもの面々の他に米沢の姿もあった。なぜか小手鞠もカウンターに座っている。

「米沢さん、今回はいろいろお世話になりました。助かりました」

薫がねぎらうと、米沢が嬉しそうに言った。

「お役に立ててなによりです」

「乾杯」

薫の発声で、カウンター席にいた右京と薫は猪口を、米沢と小手鞠はビールのグラスを掲げた。

と、カウンターの中にいた美和子が、コバルトブルーに染まったショートパスタらしき料理を運んできた。

「お待たせしました〜！　はいどうぞ！」

美和子の料理の腕について、右京と薫と小手鞠は熟知していたが、米沢は初体験だった。

「こ……これは⁉」

「召し上がれ〜！」

意気揚々とふるまう美和子に、薫が気遣う。

「すみません、なんか試食会みたいになっちゃって」

「すみませんちょっと私、野暮用を思い出しまして……」

立ち上がろうとする米沢に、右京が処世訓を語る。

「人生に試練は付きものですよ」

反応したのは美和子だった。

「はい？」

「あっ、いえいえ……楽しみです」

右京が曖昧に笑ったまま皿を見つめていると、美和子が夫を促した。

「薫ちゃん、とっとと食べたまえ！」

「おう！」

勇気を振り絞る薫の気勢を、小手鞠が一気に削ぐ。

「これ、いつもより一段と色が派手っていうか……」

しかし、それは美和子の狙いどおりだった。

「はい。いつもインパクトを重視してます！」

「ちっともおいしそうに見えないんだけど、意外と食べてみたらおいしいっていうのが、美和子マジックっていうか……」

「ちょっと待ってください。褒めてます？　けなしてます？」

「自分でもなに言ってるかわからない……」

「もう、小手鞠さん！」

女性ふたりの言い合いをいなして、薫が声を張った。

「じゃあ皆さん、スプーンを持ちましょう。ひとすくいお願いします。よろしいですか？

いただきましょう。せーの……」

その後しばらくは、誰の口からも言葉が出なかった。

相棒 season 21（第15話～第21話）

STAFF

エグゼクティブプロデューサー：桑田潔（テレビ朝日）
チーフプロデューサー：佐藤凉一（テレビ朝日）
プロデューサー：髙野渉（テレビ朝日）、西平敦郎（東映）、
土田真通（東映）
脚本：輿水泰弘、岩下悠子、神森万里江、櫻井智也、光益義幸、
徳永富彦
監督：内片輝、守下敏行、橋本一
音楽：池頼広

CAST

杉下右京……………………………水谷豊
亀山薫……………………………寺脇康文
小出茉梨…………………………森口瑤子
亀山美和子………………………鈴木砂羽
伊丹憲一…………………………川原和久
芹沢慶二…………………………山中崇史
角田六郎……………………………山西惇
出雲麗音………………………篠原ゆき子
益子桑栄…………………………田中隆三
土師太……………………………松嶋亮太
大河内春樹………………………神保悟志
中園照生……………………………小野了
内村完爾…………………………片桐竜次
衣笠藤治…………………………杉本哲太
社美彌子………………………仲間由紀恵
甲斐峯秋…………………………石坂浩二

制作：テレビ朝日・東映

第15話　初回放送日：2023年2月1日

薔薇と髭と菫たち

STAFF

脚本：岩下悠子　監督：内片輝

GUEST CAST

ノエル美智子……大島さと子　ヒロコ……………深沢敦

第16話　初回放送日：2023年2月8日

女神

STAFF

脚本：神森万里江　監督：内片輝

GUEST CAST

橘志織………………銀粉蝶

第17話　初回放送日：2023年2月15日

定点写真

STAFF

脚本：櫻井智也　監督：守下敏行

GUEST CAST

奥山幹太……………寺田心　大塚あゆみ……大野いと
深澤杏子…………幸澤沙良

第18話　初回放送日：2023年2月22日

悪役

STAFF

脚本：光益義幸　監督：守下敏行

GUEST CAST

小桜千明……一ノ瀬ワタル　藤枝克也………山口祥行
松尾朋香…………田中道子

第19話　　初回放送日：2023年3月1日

再会

STAFF

脚本：徳永富彦　監督：守下敏行

GUEST CAST

山部守……………田中奏生

第20話　　初回放送日：2023年3月8日

13～死者の身代金

STAFF

脚本：輿水泰弘　監督：橋本一

GUEST CAST

葛葉宰三……渡辺いっけい　真野正義……柴崎楓雅
真野寛晃……………阿部亮平　真野亜沙子……茉 茉 茉

第21話　　初回放送日：2023年3月15日

13～隠された真実

STAFF

脚本：輿水泰弘　監督：橋本一

GUEST CAST

葛葉宰三……渡辺いっけい　真野正義……柴崎楓雅
真野寛晃……………阿部亮平　真野亜沙子……茉 茉 茉

相棒（あいぼう） season21　下　朝日文庫

2023年12月30日　第1刷発行

脚　本　輿水泰弘（こしみずやすひろ）　岩下悠子（いわしたゆうこ）　神森万里江（かみもりまりえ）
櫻井智也（さくらいともなり）　光益義幸（みつますよしゆき）　徳永富彦（とくながとみひこ）
ノベライズ　碇（いかり） 卯人（うひと）

発行者　宇都宮健太朗
発行所　朝日新聞出版
〒104-8011　東京都中央区築地5-3-2
電話　03-5541-8832（編集）
03-5540-7793（販売）
印刷製本　大日本印刷株式会社

定価はカバーに表示してあります

ISBN978-4-02-265127-3